Grand Jus

Der Autor, geboren 1952 in Mikulczyce, Oberschlesien und aufgewachsen in Moers am Niederrhein, war selbst Zeitzeuge der Esskultur in den sechziger Jahren.

Vieles in seinem Leben drehte sich um das leibliche Wohl, das Essen.

Expertenwissen rund um die Ernährung, Nahrungsmittel und Getränke erlangte er durch seinen Beruf als Koch, ein Studium der Lebensmitteltechnologie und langjähriger Erfahrung in der Lebensmittelindustrie.

Das Buch:

Es ist ein Roman, entstanden und inspiriert durch Erlebnisse während einer Kochlehre in den sechziger Jahren, am Ende der Fresswelle und im »Summer of Love«. Die Einen gaben sich der »Flower-Power« hin, die Anderen wurden schon in frühester Jugend in die Arbeitswelt entlassen.

Schauplatz und Tatort ist ein kleines malerisches Dorf am Niederrhein, auf dem platten Land, in das ein vierzehnjähriger Teenager verschlagen wird.

Kuriose Hergänge, rund um die Arbeit in der Küche und das Essen, manchmal auch um das andere Geschlecht, gespickt mit einer ordentlichen Portion Humor und einigen Rezepten, bestimmen den Inhalt des vorliegenden Romans. Nicht alles dabei ist von autobiografischer Natur und nicht immer ist alles ganz ernst zu nehmen.

Bernhard Motzek

Grand Jus

Inmitten der Fresswelle

FSC
www.fsc.org

MIX

Papier aus ver-
antwortungsvollen
Quellen
Paper from
responsible sources

FSC® C105338

*Bibliografische Information der Deutschen Natio-
nalbibliothek:*
*Die Deutsche Nationalbibliothek verzeichnet diese
Publikation in der Deutschen Nationalbibliografie;
detaillierte bibliografische Daten sind im Internet
über http://dnb.dnb.de abrufbar.*

Covergestaltung: Bernhard Motzek

*Herstellung und Verlag: BoD – Books on De-
mand, Norderstedt*

ISBN: 9783741226328

Inhaltsverzeichnis

»Des Schweines Ende ist der Wurst
Anfang«

Wilhelm Busch

Quo vadis?

Die Blätter fielen im Herbst 1965, als ich mir Gedanken über meine berufliche Zukunft machen sollte, besser gesagt eine Lehrstelle musste her. Ich besuchte damals eine katholische Volksschule in Rheinkamp, einer Ortschaft im damaligen Kreis Moers, am Niederrhein. Nicht so einfach, mit 13 Jahren, eine klare Vorstellung zu bekommen, was denn nun das Richtige ist. Ein wenig künstlerisch begabt war ich ja, besagte jedenfalls meine Zeugnisnote in »Kunst« bzw. »Werken und Malen«.

Eigentlich war es in diesem Schulfach überhaupt kein richtiger Unterricht, da die Lehrer von »Tuten und Blasen« keine Ahnung hatten. Zu Unterrichtsbeginn wurden der Zeichenblock und der Farbkasten aus dem Tornister gezogen, dann konnte man sich austoben. Meist hatte ich Zuhause schon ein wenig vorgearbeitet und malte nur noch die Vorlage aus. Sehr verbreitet als Malvorlage waren damals die Postkarten von den Fuß-und Mundmalern, die zu dieser Zeit immer unaufgefordert in fast jedem Briefkasten landeten. Egal wie, mir wurde Talent bescheinigt. Pinselquäler wollte ich aber eigentlich auch nicht werden. Am Ende tauscht man in diesem Job ja den Pinsel gegen den Quast. Mehr in die künstlerische Richtung, so als Grafiker z. B., ging auch nicht. Dank mangelnder Anleitung des »Lee(h)rkörpers« hatte ich ja noch nicht einmal eine Mappe mit Referenzobjekten für eine Bewerbung.

Für die weiblichen Mitschüler war es ganz einfach. Das Gros tendierte zu einer Ausbildung als Friseuse oder Verkäuferin. Einige wenige kamen auch im öffentlichen Dienst oder bei der Sparkasse unter.

Ganz ohne Hilfestellung waren wir aber nicht. Für die Schüler der achten Klasse wurden sogenannte »Exkursionen« veranstaltet, bei denen sich die örtliche Industrie und einige gewerbliche Unternehmen den Schülern präsentierten und Ausbildungsberufe vorstellten. Ganz vorne war der »Pütt«, die »Rheinpreussen AG«, mit zahlreichen Ausbildungsstellen, angefangen vom einfachen Bergmann, bis zum Chemielaboranten. Hier wurden die meisten meiner Schulkameraden fündig.

Viele der Schulkameraden lernten auch Automechaniker, Bäcker, Fleischer, einige wenige technischer Zeichner. Wer sich für den Beruf des Radio- und Fernsehmechanikers entschied, hatte mit dem Wissensstand von heute auch nicht das richtige Los gezogen. Alles das war nicht meins. Auszusehen, wie mein Vater, welcher im Bergbau, unter Tage beschäftigt war und immer mit den schwarzen Rändern um die Augen nach Hause kam, konnte ich mir auch nicht vorstellen. Jetzt wo er Steiger war, verdiente er ganz gut und war angesehen. Trotzdem, nein! nach »Untertage« will ich nicht!

Mein Bruder hatte ein Jahr zuvor eine Lehrstelle als Chemielaborant angetreten und stank immer wie eine chemische Reinigung. Das war auch nicht wirklich erstrebenswert. Was mir noch so vorschwebte, war eine Veränderung, bei der ich auch ein wenig mehr Freiheit erlangen und den Klauen meiner Eltern entrinnen konnte. Ideal hierfür wäre ja eine Lehre als Koch, am besten ein wenig weiter entfernt von zu Hause. Mit freier Kost und Logis. Dann brauchte man nicht zu darben, hätte ein Dach über dem Kopf und war nicht mehr genötigt, sich mit den Spießern herumzuschlagen.

Meine Mutter fand die Berufswahl gut. »Junge, dann brauchst du in schlechten Zeiten nicht zu hungern«, waren ihre Worte. Überhaupt waren meine Eltern immer besorgt um unser leibliches Wohl. Als wir 1957 aus Polen aussiedelten, hatten sie zwei komplette Koffer voller Wurst, prall gefüllt mit Krakauern, Polnischen Würsten und oberschlesischen Frankfurtern mitgeschleppt. Es hätte ja sein können, dass es im Westen keine Wurst gibt.

Von dem eigentlichen Beruf des Kochs wusste ich nicht viel. Ein wenig war ich inspiriert von einigen malerischen Szenen, wenn »Der Forellenhof« im Fernsehen lief oder Vico Torriani mit Caterina Valente als Kaltmamsell, singender Weise am Küchenherd stand. Wenn Clemens Wilmenrod zuschlug und seinen legendären Hawaii-Toast im Fernsehen präsentierte, sah auch immer alles sehr entspannt aus. Der Berufsberater im Arbeitsamt, bei dem wir auch einen Beratungstermin hatten, war noch ahnungsloser als ich mit meinen 13 Jahren. Der guckte dauernd in seine Listen und empfahl dann immer das, wo gerade Lehrstellen verfügbar waren.

Ohne von meinen Ambitionen zu wissen, wusste Frau B., meine gestrenge Klassenlehrerin, Rat. Sie war nicht nur streng, sondern sah auch so aus in ihrem klassischen stahlgrauen Kostüm, die dunkelblonden, angegrauten Haare straff nach hinten gekämmt und zu einem Dutt geknotet.

Irgendwie waren ja viele Familien am Niederrhein verwandt, verschwägert oder anderweitig verbandelt.

So hatte sie Beziehungen zum Betreiber des »Hotel Deckers« in Marienbaum, einem kleinen malerischen Ort, der heute zur Stadt Xanten gehört. »Bernhard, ich werde dort vorstellig und lege ein gutes Wort für dich ein«, sagte sie. Das Hotel Deckers war bekannt im ganzen Ruhrgebiet, wegen der Koteletts, so groß wie Klodeckel.

Schon eine Woche später konnten wir, meine Eltern und ich, dort telefonisch einen Vorstellungstermin vereinbaren.

Frau B. hat für die erfolgreiche Vermittlung eines billigen Lehrlings, für ihre »Bemühungen«, mindestens ein komplettes Menü, gratis bekommen, was mir aber auch egal war. Hauptsache der Deal klappte.

Damals hatten wir noch kein Telefon. Der Vorstellungstermin wurde daher in der Telefonzelle gemacht. Zwei Personen passten knapp rein. Es war mir ein wenig unangenehm, mit meiner (schwangeren) Mutter in dieser kleinen Zelle. »Hoffentlich sieht uns keiner«, dachte ich. Es sprach ohnehin nur meine Mutter. Klein Berni war nur pro forma mit. Irgendwie hatte ich das Gefühl, dass meinen Eltern auch daran gelegen war, dass ich zügig das Feld räume, es war ja auch schon wieder neuer Nachwuchs unterwegs.

Während des Telefonats stopfte Mutter ständig neue Zehner in den Münzschlitz. Telefoniert wurde nur mit Groschen. Der Einsatz höherwertiger Münzen hätte ja unter Umständen Verluste nach sich gezogen, da der Telefonautomat ja kein Wechselgeld zurückgab, sondern nur die Reste aus dem Münzspeicher.

Wie nicht anders zu erwarten, gab es einen Termin, sogar schon in der nächsten Woche. In meiner blühenden Phantasie malte ich mir schon aus, wie toll es wird.

Frei und unabhängig, kein Maßregeln und kein Gejammer und keinen frühen Zapfenstreich. An die bevorstehenden Gaumenfreuden mochte ich noch gar nicht denken. Von meinem Taschengeld gönnte ich mir regelmäßig eine Schachtel Zigaretten, was auch noch keiner wusste. Das war cool, genauso wie mein Outfit. Leicht verwaschene Jeans mit einem Mordsschlag, Marke »Wrangler«. Die in früheren Jahren angesagte Elvis-Frisur, mit einer Menge »Fit« oder »Brisk« zur Stabilisierung der selbigen, war einer Beatles Imitation gewichen, die locker mein Haupt umschmeichelte. Den passenden Parka zu dem angesagten Look hatte ich leider nicht, nur einen fast zu biederen Dufflecoat. Die rauchende Zigarette zwischen den Lippen konnte dieses Manko leicht wettmachen.

Ich hatte auch schon eine Freundin, Susanne, die in der unmittelbaren Nachbarschaft wohnte. Mehr als Händchen halten und im nahe gelegenen Jungbornpark spazieren gehen, war aber nicht. Eigentlich war ich mit meiner platonischen Liebschaft ganz zufrieden, dennoch habe ich sie irgendwann befummelt. »Du Schwein, das hätte ich nicht von dir gedacht«, waren ihre letzten Worte zu mir.

Ich beschloss, mir von meinem Liebeskummer nichts anmerken zu lassen. Schließlich gab es ja noch das Projekt »Küchenbulle«. Für den Tag der Vorstellung, einen Mittwoch im Oktober, hatte Mutti noch ein paar Sachen aufgebügelt. Meine geliebten Jeans durfte ich nicht anziehen. Es ging nach dem Mittagessen los, zuerst mit dem Bus bis zum Moerser Bahnhof, dann mit der Bahn in Richtung Marienbaum. Die Bahn auf dieser Linie wurde im Volksmund auch Hippeland-Express genannt.

Abb. 1: ehemaliger Bahnhof Marienbaum [1]

Für die nächste Zukunft stellte die Bahn, die einzige Möglichkeit der An- und Abreise für mich dar. Auf der Fahrt mit dem Zug genoss ich die niederrheinische Landschaft. So weit war ich mit meinem Fahrrad ja noch nie auf das platte Land vorgedrungen. Es waren etwas über 30 km.

Kurz vor Ankunft am Marienbaumer Bahnhof zückte Mutter ihr Taschentuch. Ich ahnte, was kam, mit Taschentuch und Spucke, den Sohnemann aufhübschen. Wie ich das hasste! Gott sei Dank, wischte sie sich selbst nur die Lippen sauber.

Am Bahnhof Marienbaum sah es aufgeräumt, sauber und trotzdem romantisch aus. Blumenbeete, ein wenig Rasengrün, dazwischen Sitzbänke platziert, säumten den Bahnhofsvorplatz.

Nicht weit davon, an der Uedemer Straße fanden wir das Hotel. Wir wurden schon erwartet und vom Restaurant-Service durch die Küche in das Büro geleitet. Die Küche war riesig. Zwei große Herde, lange Arbeitstische und Regale und vieles, was ich noch nicht zuordnen konnte. Von der Decke hingen jede Menge Fliegenfänger hinunter, diese gelb-braunen Dinger, die noch ein wenig spiralförmig verdreht waren. Betrieb war in der Küche nicht mehr, wir waren mitten in der Mittagspause angekommen.

Herr und Frau G. begrüßten uns. Neben etwas Papierkram auf dem Schreibtisch standen da noch zwei leere Pils-Gläser, ein Cognacschwenker und ein voller Aschenbecher, den die Servicekraft schnell abräumte. »Und das ist also Bernhard, der bei uns Koch lernen will«, sagte Frau G. Sie hatte einen weißen Kittel an, da sie die Bedienung in der Fleischerei machte. Sie war auffällig geschminkt, hatte verlängerte Wimpern, Glupschaugen, und ich vermutete, eine Perücke auf dem Haupt, strohblond toupiert. Er, Hr. G. oder im folgenden kurz »Eitel«

hatte dunkle, straff zurückgekämmte Haare, die schon sehr gelichtet waren und einen dicken Bauch, den er geschickt unter einer blau-weiß gestreiften Fleischerjacke versteckt hatte. Darunter trug er Hemd und Krawatte.

Nach den allgemeinen Förmlichkeiten erzählte Eitel, was so im Kochberuf alles gefordert ist und wie viele Lehrlinge er schon erfolgreich ausgebildet hat und überhaupt wie toll der Beruf ist. Er bot auch direkt einen Anschlussvertrag nach Beendigung der Lehre an, wohl mehr aus Eigennutz.

Der angebotene Lehrlingslohn fiel dürftig aus. 20 DM p. Monat im ersten, 40 DM im zweiten und 50 DM im dritten Jahr. Immerhin waren Kost und Logis frei.

Als Mutter fragte, weshalb es denn hier so viele Fliegen gibt, hatte sie wohl einen wunden Punkt getroffen. Dann erzählte Eitel, dass er erst wieder kürzlich einen Gast beschwichtigt hat, der so einen Flieger in seiner Suppe hatte, indem er die Fliege verspeiste und sagte: »Das ist ja eine Rosine! « Wie lustig! Diese Story sollte ich noch öfter hören.

Im Anschluss an das Gespräch machten wir einen Betriebsrundgang. Das Hotel hatte 30 Betten, die Gästezimmer befanden sich alle im Obergeschoss. So einen Luxus mit eigener Toilette und Dusche gab es in den Zimmern nicht, sondern nur Waschbecken. Es gab ein zentrales Badezimmer auf der Etage.

Die Unterkünfte der Köche waren alle Mansardenzimmer. Auf der steilen, schmalen Treppe in das Dachgeschoss konnte man sich den Hals brechen, wenn man unvorsichtig war. Im Erdgeschoss befanden sich das Restaurant mit einem separaten Gesellschaftsraum, die Küche mit Kühlraum, einem abgetrennten Raum zum Putzen von Gemüse und Salat, Kartoffeln schälen etc., eine Spülküche sowie eine Waschküche mit Mangelraum. Es gab auch einen großen Festsaal, der seitlich an das Hotel angebaut war.

Der »Drei Könige Saal« war schon ein wenig heruntergekommen und wurde nur noch für die Bewirtung der Pilger bei den jährlich stattfindenden Wallfahrten nach Kevelaer oder größere Beerdigungen genutzt. Ansonsten diente er als Garage für die Hotelgäste und den fetten 230 er SL von Eitel.

Das Fleischergeschäft befand sich neben dem Büro, mit dem Eingang zur Hauptstraße. In dem hinter dem Hotel gelegenen Schlachthaus mit der Fleischerwerkstatt/Wurstküche kamen gerade frische Brühwürstchen aus dem Kessel, von denen ich mir direkt zwei einverleiben konnte. Die schmeckten ausgesprochen gut, so frisch gebrüht. Das war auch das eigentliche Highlight des Vorstellungstermins. Bevor wir uns wieder auf den Weg machten, packte Eitel noch ein Care-Paket in der Fleischerei zusammen. So einen Querschnitt durch das

Sortiment oder alles, was weg musste: Bierwurst, Leberwurst, Thüringer Blutwurst, Brühwürstchen und Mettenden. Mutter war auf jeden Fall begeistert.

»Das sind ja so nette Leute. Da hast du aber Glück gehabt, dass du so eine Lehrstelle gefunden hast«.

Wieder zu Hause ging es in den nächsten Wochen an die Beschaffung der nötigen Dinge, die wir uns notiert hatten. Berufswäsche, Jacken, Hosen, Halstücher und Mützen sowie etliche Messer, Fleischgabel, Palette und Wetzstahl, alles in Profi-Qualität. Das Zeug war schweineteuer und mein zukünftiger Lehrlingslohn des ersten Jahres schon lange dahin.

Nach dem Klamottenkauf machte ich natürlich direkt einen Probelauf zu Hause. Die Sachen waren alle ein wenig auf Vorrat gekauft, ich war ja noch im Wachstum. Die kleinkarierten Hosen musste ich schon mit einem Gürtel richtig festziehen, so einen Luxus mit elastischem Bund gab's ja damals nicht. Zu lang waren sie auch, also umschlagen. Die Jacken hatten auch noch Luft. Da die Ärmel ohnehin hochgekrempelt wurden, fiel es jedoch nicht so auf.

Mit Kochmütze und Halstuch vervollständigt guckte ich in den Garderobenspiegel und wäre am liebsten im Erdboden versunken.

»Wenn das einige Mal gewaschen ist, sitzt das schon ganz anders, außerdem dürfen die Hosen nicht zu eng sein, das macht unfruchtbar«, sagte meine Mutter. Womit sie beim Ersteren nicht ganz Unrecht hatte. Wie sich später herausstellte, liefen die Sachen schneller ein, als einem lieb war. Es dauerte nicht lange und ich konnte den obersten Hosenknopf nur noch mühsam schließen. Die zu langen Jacken konnten das aber kaschieren.

Mangels eines Fotos aus jener Zeit zeige ich hier mal einen etwas älteren Kollegen, in Öl auf Leinwand, in passendem Outfit. Nur war die Wäsche später selten so sauber wie bei ihm. Die Schürzen zur Berufskleidung sowie der Torchon, das Küchentuch, waren auch nicht weiß, sondern in unserem Fall bunt gemustert. Küchentücher bzw. Grubentücher eben. Die Schürze wurde mit einer Stahlkette und einem Karabinerhaken am Körper fixiert.

Wenn ich das Gemälde von William Orpen näher anschaue, fällt mir auf, dass »le Chef« auch schon eine Flasche Rotwein in Arbeit hatte. Es müsste also nach Feierabend gewesen sein. Andererseits sieht er noch wie geleckt aus.

Er guckt aber schon ein wenig mitgenommen. Den edlen Tropfen, womöglich ein »Chateau Migraine«, genießt er sogar aus einem Glas, es ist also kein Küchenwein, den hätte er bestimmt aus der Flasche getrunken. Ein guter Koch ist natürlich auch ein Stück weit Sommelier und weiß, welcher Wein zu welchem Essen passt und mit welchem Tropfen man am gekonntesten seine Saucen aufmotzt.

Die feinen Geschmacksnerven bedürfen deshalb einer regelmäßigen Schulung.

Abb.2: Küchenchef in klassischer Berufskleidung [2]

Entgegen einer oft verbreiteten Fehlinformation nimmt man zu Kochen nicht den Wein, der auch zum Essen gereicht wird. Ganz so hohe Ansprüche braucht man in der Küche nicht zu stellen. Das Essen soll ja auch bezahlbar bleiben. In der Regel reicht eine Auswahl von einem kräftigen Rotwein für Wildgerichte und kräftige Schmorgerichte vom Rind sowie einem Riesling für Kalb, Fisch, Geflügel und helle Saucen. Süße Weine für Desserts verlangen aber oft einen speziellen Wein. Eine Flasche Portwein und Sherry sollten auch immer griffbereit sein.

Wein gab es zu Hause auch hin und wieder. An besonderen Feiertagen oder auch mal sonntags öffnete Vater dann einen seiner edlen Tropfen. Die Geschmäcker waren ja zu der Zeit anders, meist waren die Weine auf der süßen Seite und wahrscheinlich auch gezuckert. So fanden sich dann »Liebfrauenmilch« (da sah ich vor meinem inneren Auge immer große Frauenbrüste), »Kröver Nacktarsch«, »Kellergeister« oder ein »guter Tokayer« in dem Bestand. Von »Pahlgruber & Söhne« gab es da nichts, jedoch wurde ich von Mutter hin und wieder für die Herstellung von Schnittchen versklavt.

»Jetzt, wo du bald Koch wirst, kannst du dich auch mal in der Küche nützlich machen«, war ein oft gehörter Ausspruch. Im Dezember 1965 unterschrieb ich den Lehrvertrag, der nun nur noch bei der Industrie und Handelskammer (IHK) eingetragen werden musste.

Kurz vor dem offiziellen Beginn der Ausbildung bekam ich dann den fertigen Vertrag. Jetzt sah ich, dass Frau G. (sorry, für den G-Punkt) wohl doch keine engeren Beziehungen zu meiner Deutsch- und Klassenlehrerin haben konnte.

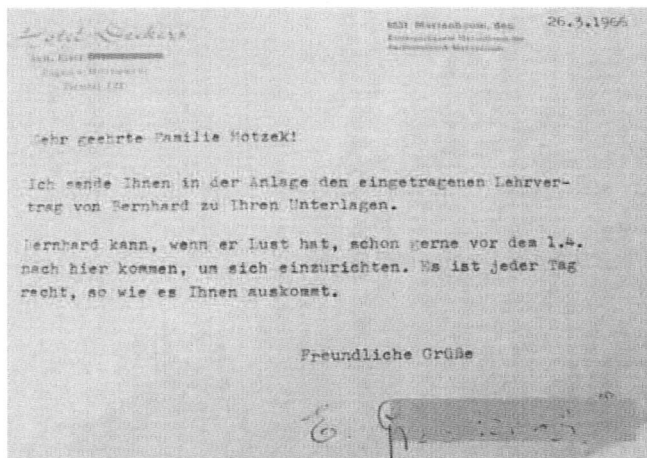

Abb3. Anschreiben des »Hotel Deckers«

Das musste ich mir noch gut überlegen, ob ich nach da kommen wollte. Andererseits sollte es ja auch kein Deutsch-Seminar werden.

Also machte ich auch schon zwei Tage vorher auf den Weg zum Einrichten, auf den Weg ins Schlaraffenland, wo die Spanferkel schon gebraten umherlaufen.

Das Schlaraffenland   O. Herrfurth pinx

Abb.4: Oskar Herrfurth, Das Schlaraffenland [3]

Das Debüt

Mittlerweile war ich Besitzer eines »Wuermlings«, auch »Karnikelpass« genannt, was die Kosten für die Bahnfahrten drastisch reduzierte. Den Ausweis gab es damals für kinderreiche Familien ab 3 Kindern.

So gerüstet trat ich meine Bahnfahrt zu meiner Lehrstelle an. Das erste Mal mit einem großen Koffer, da ich ja die komplette Erstausstattung mitschleppen musste. Mutter oder Vater konnte mich nicht chauffieren, die hatten noch nicht einmal einen Führerschein oder gar ein Auto. Ich war auch froh, dass ich alleine im Abteil saß und meine Ruhe hatte. Jetzt konnte ich erst mal wieder in aller Ruhe eine Zigarette rauchen, als der Schaffner mit der Fahrkartenkontrolle durch war.

Dann las ich mir noch mal das Berufsbild des Kochs durch (siehe Anhang), einen fliegenden Zettel, den ich von der IHK erhalten hatte. Immerhin gab es diesen Leitfaden, sonst hätte man ja gar nicht gewusst, was einem bevorsteht. Eigentlich hätte schon der Berufsberater so etwas in der Art zur Verfügung stellen müssen. Eine überschaubare Aufstellung, trotzdem gab es eine Menge zu lernen. Was versteht man wohl unter »Verwertung der Abgänge? «

Während der Bahnfahrt sinnierte ich auch über ein Reklameschild über mir: Ein scheinbar angetrunkener Mann, mit einer Flasche Schnaps in der Hand saß auf einem Schwein, wie Münchhausen auf der Kanonenkugel. Überschrift: »Oh Schreck, der Zug ist weg, darauf Klarer mit Speck«. Das hat sich mir bis heute nicht erschlossen. Überhaupt war da sehr viel Werbung für Spirituosen und Zigaretten.
Schweine sollte ich in der nächsten Zeit auch genug zu Gesicht bekommen, in allen Variationen.
Als ich das Hotel betrat, war es kurz vor Mittag. In der Küche war Hochbetrieb und einige Tische bogen sich förmlich, vollgeladen mit gegrillten Schweinshaxen, Schweinebäuchen, Rippchen und anderem Brat- und Kochgut.
Nach der Begrüßung stellte mich Eitel, mein neuer Chef, den anderen Kollegen vor.
Da gab es Jean, den sogenannten Koch-Comis und Thilo, aus dem dritten Lehrjahr sowie Karla aus dem zweiten Lehrjahr. Die erklärten mir erst mal, dass hier jeder einen Spitznamen bekommt, und nannten mich »Benno«.
Im Schlachthaus und in der Fleischerei werkelten Fleischermeister Martin und sein Altgeselle Heinz. Im Laufe des Tages sollte

auch noch ein weiterer Azubi eintrudeln, der sich mit mir ein Zimmer im Dachgeschoss teilen sollte.

Thilo geleitete mich erst einmal zu meiner neuen Behausung, möbliert mit einem Doppelbett, einem Schrank, einer Kommode und einem quadratischen Tisch mit zwei Stühlen. Ich verstaute erst mal meine Habseligkeiten und warf mich dann in meine neue Tracht. Erst einmal ohne Kochmütze, da ich gesehen hatte, dass die anderen auch keine Kopfbedeckung trugen.

Wieder unten in der Küche angekommen, stellte ich in meinem strahlenden Weiß und dem oversized Look, die Hosen waren umgeschlagen, einen richtigen Kontrast zu den anderen dar. Gut, dass es damals noch kein Facebook gab. Hätte jemand ein Foto da reingestellt, wäre ich unten durch gewesen. Vor den ersten Handgriffen wurde ich erst einmal abgefüttert. Ich entschied mich für eine Schweinshaxe. Zuhause gab es die geteilt für vier Personen, jetzt verdrückte ich alleine so einen »Rieseneumel«. Im sogenannten Personalraum, der neben der Küche lag, gab es einen großen Tisch mit einer Bank und etlichen Stühlen. Der Tisch war mit einer praktischen, feucht abwischbaren Wachstischdecke ausgestattet, die schon einige Brandlöcher hatte. Dort konnte ich mich über meine Schweinshaxe hermachen. Aus dem Personalraum heraus hatte man eine gute Sicht auf den hinteren Bereich des

Anwesens mit Schlachthaus, Wurstküche sowie die dahinter liegenden Ställe und den Garten. Durch das Fenster konnte ich beobachten, wie die Fleischer einen Wagen voller Würstchen, die an Rauchstöcken hingen, aus einer Kammer neben dem Schlachthaus, dem Rauch, rollten und wieder einen anderen hinein schoben. Genau, mittwochs wurde ja immer gewurstet. Ich bedauerte schon fast meine Menüwahl mit der Haxe.

Nach dem Essen durfte ich auch schon die ersten Handlangertätigkeiten ausführen und bekam eine Position am Bain-Marie, einem großen, heißen Wasserbehälter, der mit etlichen Einsätzen aus Edelstahl bestückt war, zugewiesen. In den Einsätzen waren vorbereitete Gerichte eingefüllt wie Hühnerfrikassee, Gulasch, verschiedene Saucen und Gemüse. Auf der linken Seite des Ofens standen zwei 80 l Töpfe. Aus dem einen ragte das Ende eines ausgekochten Rinderschädels und stellte wohl so eine Art Suppenansatz dar. Der andere Topf beinhaltete das Geheimnis jeder guten Küche, die »Grand Jus«, einen braunen Grundfond, der allerlei »Secrets« in sich trug. Es landeten so ziemlich alle Reste, gleich ob Knochen- oder Fleisch-Abschnitte oder Gemüse darin.

Wenn eine neue Bestellung hereinkam, wurde eine Tischglocke betätigt. Jean, auf dem Saucier-Posten, annoncierte die neuen Bestellungen laut und verteilte die neuen

Zettel auf dem Bon-Brett, das aussah wie das Sitzkissen eines Fakirs, also ein quadratisches Brett mit Nägeln.

Wenn geschickt wurde, eine Bestellung rausging, rief er wieder das Gericht auf und der Entremetier-Posten, auf der anderen Seite des Herdes, musste die entsprechenden Beilagen bereitstellen. »Einmal Rippchen und eine Schlachtplatte kann«, rief er und ich durfte je eine Portion Sauerkraut auf einer Silberplatte anrichten. Da packte er dann sein Rippchen oder die Teile der Schlachtplatte drauf.

Die Schlachtplatte war der Verkaufsschlager im Restaurant. In der Gestaltung der Gourmand-Platte hatte man ein wenig Spielraum. Meist war ein Kassler-Kotelett, eine Scheibe Bauch oder Rippchen, ein Würstchen oder eine Bratwurst und gebratene Blutwurst sowie eine Frikadelle auf dem Sauerkraut. Leber passte auch noch. Falls z. B. Eisbein mal weg musste (end of shelf life), wurde der Bauch durch ein Stück Eisbein ersetzt. Um den Fleischberg herum wurde noch ein wenig Bratensauce nappiert und ein Schälchen Kartoffelpüree dazu gereicht.

Der große Herd wurde mit einer Ölfeuerung betrieben und strahlte eine gewaltige Hitze aus. Rund um den Ofen war eine Art Reling montiert, die einmal vor zu direkten Kontakt schützte und außerdem erlaubte, die Speisen auf derselben abzustellen und anzurichten.

Ein Rumpsteak wurde annonciert und ich verstand Rumsteak. »Weshalb wird nur immer Fleisch mit Schnaps kombiniert? «, fragte ich mich. Den Klaren mit Speck hatte ich auch noch nicht abgehakt.

Die Bestellungen wurden mehr und das Arbeitstempo immer schneller. Bald war das Bon-Brett übersät mit den Belegen aus der Registrierkasse, auf denen die Bestellungen standen. Jean jonglierte mittlerweile mit drei großen Pfannen auf dem Herd und legte unentwegt neue Fleischstücke rein. Zwischenzeitlich schnitt und hackte er mit einem mörderisch großen Messer auf gebratene Schweinebäuche, Kassler Rippenspeer und Hühner ein. Er hatte richtige Schweißperlen auf der Stirn. Ich wunderte mich, dass da nichts anbrannte, bei dem Durcheinander. Im Minutentakt wurden neue Speisen annonciert und geschickt. Mittlerweile war der Fußboden mit Salz abgestreut, wegen Rutschgefahr, was zu Hause auch keiner machen würde.

In dem ganzen Chaos wuselten dann auch noch die beiden Fleischer umeinander, die riesige Aluminium-Wannen mit gepökeltem Fleisch und Speck aus dem Laden-Kühlhaus in die Wurstküche schleppten und dafür durch die Küche mussten.

Ich bekam eine neue Aufgabe zugewiesen, zu Karla zu wechseln und ihr dort bei der

Ausgabe der Tagessuppe, einer Kraftbrühe mit Einlage, behilflich sein.

Dann galt es, Desserts nachzufüllen. Es gab immer nur eines auf der Tageskarte, heute »Ananas mit Sahne«. Die Ananas kam aus Dosen und die Sahne aus einem Siphon.

Ananas war nicht das einzige Highlight. Wie ich noch später erfahren sollte, war Dosen-Pfirsich, Fruchtcocktail, Pflaumen oder Mirabellenkompott fast genauso beliebt.

Immerhin war im Osten Deutschlands eine Dose Ananas fast so teuer wie Gold und soll dort 14.50 Mark gekostet haben und stellte auch hierzulande noch etwas Exotisches und ein Stück erschwinglichen Luxus dar.

Ein schlechtes Gewissen hatte keiner wegen der Verarbeitung von so viel Dosenware.

Wie schon mal erwähnt, gab es sehr viel Fliegen auf dem gesamten Anwesen. Trotz der vielen Fliegenfänger musste man hin und wieder einige der »Rosinen« von der Oberfläche der Tagessuppe fischen. Das ging bei der Kraftbrühe ganz gut. Bei gebundenen Suppen waren aber besonders wache Sinne gefordert. Waren die Fliegen erst einmal in der Suppe versenkt, kamen die kleinen Racker nicht so schnell wieder hoch. Es galt achtsam zu sein!

Die Tagessuppe wurde vom Servicepersonal (es waren ausschließlich jüngere Frauen, mit schwarzem Rock und weißer Schürze) in der Küche abgeholt. Ich nahm dann einen Suppenteller vom Stapel und tat mein bestes, obwohl diese große Suppenkelle gar nicht so einfach zu handhaben war. Trotzdem gab es jede Menge Korrekturen wie: »Nicht so voll«, »etwas mehr«, »nicht so viel daneben« »mehr Einlage« und »da schwimmt noch eine Fliege«

Aufs Tempo wurde auch schon gedrückt: »Das muss schneller gehen« oder einfach auch »gau«.

Gott sei Dank, ging der erste Mittag wirklich schnell vorüber. Der große Ansturm war bis 14:00 Uhr abgearbeitet und der Betrieb langsam heruntergefahren. Mittwochs wurde immer gewurstet, so holte ich mit Jean noch eine frische Fleischwurst aus der Wurstküche, die wir vor Ort aufteilten. Ich hatte ja schon die Haxe als Basis aber ein Stück frische Fleischwurst ging auch noch. Gut eine halbe Stunde waren wir noch mit Aufräume- und Reinigungsarbeiten beschäftigt. Kurz vor drei war der erste Einsatz in der Küche beendet.

Dann ging es im Laufschritt hoch auf die Zimmer. Jean und Thilo schlugen vor, mir in der Mittagspause mal das Dorf zu zeigen. Gesagt, getan. Wir zogen uns um und verließen das Hotel über einen Nebeneingang durch den Festsaal. Wenn man seine Freizeit in Ruhe verbringen will, ist es besser gar nicht im Hause zu sein, wurde ich aufgeklärt. Bei unerwarteten Engpässen in der Küche, die zwischen 15:00 Uhr und 18:00 Uhr nur mit einer Person besetzt war, wurde man sonst schnell zur Unterstützung herangezogen. Viel zu sehen gab es in der kleinen Ortschaft nicht. Die Kirche sah man meilenweit und eine nähere Inaugenscheinnahme erübrigte sich. Nachdem mir gezeigt wurde, wo der Gemüsehändler, Bäcker und die besten Kneipen sind, landeten wir auch schon in einer. Die »Gaststätte Hennemann« war angesagt und man konnte dort auch gepflegt Karambolage (Billard) spielen. Jean spendierte ein Kaltgetränk. »Das ist Benno, unser neuer Stift«, stellte mich Jean vor. »as ald is hej denn?«, fragte der Wirt. Schließlich ließ sich der Wirt zu einem Radler für mich überreden.

Ich musste doch noch daran arbeiten, älter auszusehen.

Nach dem Warmduscher-Bier stürmten wir wieder die Mansarde. Ich wurde gefragt, ob ich Skat spielen kann, konnte ich aber noch nicht. »Macht nichts, das lernt man schnell«, war die Meinung. Die Stühle wurden zurechtgerückt und ein paar Piselotten vom Tisch geräumt. Ganz so aufgeräumt sah es nicht aus. Die Betten waren nicht gemacht, hier und da lag auch ein Kleidungsstück herum. Jean und Thilo spielten erst einmal Bauernskat und ich durfte zugucken. Beim Spielen erklärten sie mir dann auch die ein oder andere Regel sowie die Sache mit dem »Reizen«.

Ich kam noch nicht einmal dazu eine Proberunde zu spielen, da Eitel mit dem zweiten neuen Stift aufkreuzte. Der kam auch aus der Gegend unweit von Moers, aus Rheinberg und bekam den Spitznamen »Fips« verpasst, was mich immer an einen Pudel erinnerte.

Er sah auch ein wenig so aus, Sommersprossen, leicht untersetzt, mit kleinem Bauch, wie ein Mops.

Nachdem Fips seine Sachen eingeräumt und sich in seine neue Montur geworfen hatte, war es auch fast schon 18:00 Uhr, Zeit sich um das sogenannte Abendgeschäft zu kümmern.

Fips durfte (musste) mit Eitel in den etwas abgelegenen Stall, zwecks Fütterung des Kalbes und der Schweine. Die Kälbermast war das Hobby von Eitel. Er verbrachte schon mal eine ganze Nacht im Stall, um ein Kalb zu massieren, das Blähungen hatte, erzählte Jean.

Für das Abendgeschäft war von Karla, die den Tagesdienst übernommen hatte, schon einiges vorbereitet worden. Eine Sauce Hollandaise war frisch aufgeschlagen, das Bain Marie mit einigen Saucen und Gemüsen, wieder auf Temperatur, Kartoffeln gekocht und Kartoffelpüree zubereitet sowie der Salatposten aufgebaut.

Gut, dass der Kelch mit der Fütterei, noch mal an mir vorbeigegangen war. So konnte ich meine neuen Arbeitskollegen noch ein wenig besser kennenlernen und bekam wertvolle Informationen.

Besonders wertvoll war das Berichtsheft von Jean, das er mir großherzig vermachte. Es musste von jedem Lehrling geführt werden. Der Ausbildungsnachweis war am Ende auch Zulassungsvoraussetzung zur Abschlussprüfung, also nicht unwichtig. Mindestens alle 4 Wochen musste ein Bericht geschrieben werden. Diese Aufgabe war somit fast schon erledigt.

Als Fips von der Fütterung der wilden Tiere zurück war und der Restaurantbetrieb es zuließ, zeigte man uns noch einige andere Basics, die Lagerräume, die man Mag(g)azin nannte (mit Betonung auf dem g), die Kühlräume, an der Anzahl drei und andere Räume und Schränke. Unter anderem gab es auch einen eingebauten Küchenschrank, der das Geheimnis des guten Geschmacks bewahrte.

Ein großer 10 l Eimer »ETO« Glutamat, ein weißer, kristalliner Stoff, fand sich darin. »Glutamat ist zum Abrunden für Suppen und Saucen«, wurden wir aufgeklärt. Neben der Wunderwaffe gab es auch noch jede Menge anderer Köstlichkeiten in Pulverform, wie gekörnte Brühe, diverse Suppen, Puddingpulver aller Art, Worcestershire-Soße, Herbadox (ein Kräuterextrakt), Große 1 l Flaschen »KRAFT« Ketchup, Tabasco sowie zahlreiche Gewürze, eine Großverbraucher Pulle Maggi nicht zu vergessen.

Maria hilf!

Obwohl man schon damals schief angeguckt wurde, wenn man Glutamat als Geschmacksverstärker in der Küche einsetzte, konnte oder wollte kaum einer darauf verzichten. Immerhin gab es damals die Vermutung, dass das weiße Pülverchen das sogenannte »China-Restaurant-Syndrom« hervorruft. Diese These konnte jedoch nicht bestätigt werden. Nach heutigen Erkenntnissen gilt der Einsatz von Glutamat in normaler Dosierung als unbedenklich. Trotzdem ist der Einsatz von Geschmacksverstärkern bei Profiköchen verpönt. Streng genommen enthalten aber viele fermentierte bzw. mit Hilfe von mikrobiellem Abbau produzierte Produkte wie Soja- und Fischsauce oder gereifte Käse, wie Parmesan oder sogar Naturprodukte wie Tomaten Glutaminsäure. Die Funktion der Geschmacksverstärker beruht auf der geschmacksaktiven Wirkung von Aminosäuren und Peptiden, die durch mikrobielle/enzymatische Aufspaltung von Eiweißbausteinen entstehen.

Auch die Universalwürze »Maggi« wird z. B. durch Eiweißhydrolyse hergestellt.

Abb.5: Maggi Werbung[4]

Es gibt auch einen unumstritten positiven Effekt durch Einsatz von Geschmacksverstärkern, nämlich die mögliche Reduzierung von Kochsalz. »Mononatriumglutamat kann

*dazu genutzt werden, den Verzehr von Spei-
sesalz zu reduzieren, das mit der Entstehung
von Bluthochdruck und anderen Herz-
Kreislaufkrankheiten in Verbindung gebracht
wird. Der Geschmack wenig gesalzener Lebensmittel wird mit Mononatriumglutamat
selbst bei einer Salzreduzierung um 30 %
besser.«[5]*

*Am Ende muss jeder selbst entscheiden, mit
welchen Zutaten er Geschmack im Essen
generiert. Die beste Lösung ist, erst einmal
mit Grundzutaten, wie angeschwitzten Zwiebeln, Gemüsen, ggf. Knoblauch und einem
guten Fond und Wein einen Grundgeschmack
zu generieren, der je nach Gericht mit entsprechenden Gewürzen in die gewünschte
Richtung gebracht wird.*
*Das A&O sind gute Basisfonds. Eine Rinder-
brühe, hergestellt aus Rinderknochen mit
reichlich Lauch, Sellerie und Möhre sowie
angerösteten Zwiebeln, ein Geflügelfond aus
Hühnerklein oder Geflügelkarkassen und
Bouquet garni, der auch ein wenig Weißwein
verträgt oder ein Fischfond, bestehend aus
Fischkarkassen, Zwiebel, Lauch, Möhre, Fen-
chel, Safran, Weißwein und Wermut.*
*Mit guten Grundsaucen und Fonds sollte es
kein Problem darstellen, guten Geschmack zu
generieren. Fehlen diese, ist natürlich »Maria
hilf« (Synonym für Glutamat) gefragt.*

Nach der Präsentation des Schreins ging es runter in das Gewölbe, das sich unter dem Hotel erstreckte. Eine ausgelatschte Steintreppe führte hinunter, daneben war eine Holzrutsche für Bierfässer eingelassen. Über dem Gewölbezugang brummte und quietschte der Kompressor der Kühlmaschine für das obere Kühlhaus. Es gab zwar Licht, es war aber trotzdem düster da unten. Der Fußboden war auch alles andere als eben. Rechts und links flüchteten Spinnen und Kellerasseln vor uns. Ich dachte an die »Christstollen« in Köln, die Katakomben. Da muss es so ähnlich ausgesehen haben. Es gab mehrere »Grabkammern«, eine gefüllt mit Porzellan und Gläsern aller Art, alle in Kartonagen gepackt. Ein »Mag(g)azin« für Konserven aller Art, Unmengen von Erbsen, Karotten, Bohnen, Spargel, Champignons, Rote Beete, Sellerie und einiges mehr. Hier lagen auch einige gute Tropfen, die Chef oder Chefin aus den Beständen des Weinkellers aussortiert hatten sowie ein Karton mit algerischem Rotwein, feinster Provenienz.

Der Weinkeller selbst war unter Verschluss. Ein Zylinderschloss, wie in einem Hochsicherheitstrakt, hing an dem Riegel. Dann gab es noch den Kühlraum, der sowohl zum Abhängen für Schlachtfleisch, als auch für die Bier- und Getränkekühlung genutzt wurde. Im hinteren Teil, der mit Schiebetüren etwas abgeteilt war, hingen drei Rinderviertel und etliche Schweinehälften. Der vordere Bereich war mit Bierfässern und einigen Kohlensäureflaschen belegt. Die Bierzapfanlage des Restaurants befand sich direkt darüber.

Der Ausflug in die Unterwelt dauerte nur kurz. Wir mussten dann auch noch etliche dieser 5 l Gemüse-Dosen mit nach oben schleppen. Ich mühte mich mit einer 10 l-Dose Sauerkraut ab. In der Küche angekommen hatte meine schöne weiße Jacke auch schon einige hässliche Schleifspuren. Meinem Kollegen ging es da aber nicht besser.

Fips fragte unverblümt, wann es endlich etwas zu essen gibt. Jean bot an, ihm ein schönes Schnitzel in die Pfanne zu hauen, womit er voll einverstanden war. Fips durfte sich schon in den Personalraum setzen und bekam schon mal eine Gulaschsuppe vorweg.

Jetzt konnte Jean in Ruhe einen alten Waschlappen durch die sogenannte Panierstraße ziehen und von beiden Seiten goldbraun braten.

Das »Schnitzel« war so groß, dass es über den Tellerrand hing. Obenauf kam noch eine »Wiener Garnitur« (Zitronenscheibe mit Sardelle und Kapern) und die Illusion war perfekt.

Es war kein wirklich übler Scherz, denn parallel war schon ein echtes Schweineschnitzel in der Mache. Jedoch wurde erst einmal das Plagiat aufgetischt. Für die Pommes war kein Platz mehr auf dem Teller, die bekam Fips separat gereicht. »Das ist ja wie Weihnachten und Ostern an einem Tag«, frohlockte er. Wir hatten uns schon am Fenster zum Personalraum postiert, um unbemerkt den Verzehr des Lappens beobachten zu können. Es dauerte eine Weile, bis der ausgehungerte Halbstarke merkte, dass da etwas nicht stimmte. Mit roher Gewalt schnitt er auf dem Teil herum. Nach dem »zart ist, aber was anderes«, fing er an zu fluchen. Erst als er die Panade abhob, fiel der Groschen. Derweil lagen wir vor Lachen schon fast auf dem Boden. Fips kochte, konnte sich aber auch ein müdes Lächeln abringen. Mit dem Original-Schnitzel wurde er schnell wieder besänftigt.

Ein wenig Abendgeschäft hatten wir auch noch sowie Vorbereitungen für den nächsten Tag, die zwischen den Bestellungen erledigt wurden. Karla brachte mir den Salatposten näher, der am Pass (Übergabe der Gerichte von der Küche an den Service) aufgebaut war. Die Platten und Schalen, die die Küche verließen wurden hier über ein feuchtes Tuch geschoben. Oft dampfte es auffällig, die Sachen gingen wirklich heiß an die Tische. Klassischerweise wurden die Speisen damals alle noch mit einem Salatblatt, einer Tomatenecke und einem Petersiliensträußchen garniert. Generell gab es hier das letzte Finish, auch eine Papiermanschette ans Hühnerbein oder Petersilie auf die Kartoffeln. Wenn ein gemischter Salat zum Essen gehörte, musste er auch noch »à la minute« zusammengestellt werden. Über dem Pass war die Speisenkarte aufgehängt, und ich musste bei jedem Gericht gucken, was dazugehört, damit es vollständig rausgeht. Das war mühselig. Es half wohl nichts, ich musste die Karte schnell auswendig lernen.

Was Spaß machte, war diese Tischglocke zu betätigen, um die Servicekräfte zu aktivieren, wenn ein Essen über den Pass ging. Die guckten dann schon mal ein wenig mürrisch.

Die gemischten Salate, die am Pass zusammengestellt wurden, bestanden meist aus Kopf-, Gurken, Bohnen- und Tomatensalat.

Über den Kopfsalat wurde eine erlesene Vinaigrette, bestehend aus Essig, Öl einigen Zwiebelchen und Kräutern nappiert. Je nach Jahreszeit wurde der Kopfsalat durch Endiviensalat und einen Rahmdressing substituiert. Der Bohnensalat wurde aus Wachsbrechbohnen gefertigt, die natürlich aus der Dose kamen. Auch dieser Salat, genauso wie die aufgeschnittenen Tomaten, badete in einer Vinaigrette, in der sich mit zunehmender Standzeit auch etliche Fliegen tummelten.

Die Salate wurden praktischer Weise mit den Händen angerichtet, was besonders kritisch war, wenn auch Rote Beete verarbeitet wurde. Schnell waren, nicht nur die Finger durchgefärbt, sondern auch die Schürze.

An der kalten Küche durfte ich mich auch schon probieren. Einige Sachen waren einfach. Hering gab es in zwei Variationen. Heringsstipp kam aus einem Eimer im Kühlraum und brauchte nur noch in so einen glasierten Steinguttopf gefüllt werden. Obenauf platzierte man Garnitur aus Gurken und ein Tomateneckchen.

Das Heringsfilet »Hausfrauen Art« war fast identisch. Nur gab es ganze Heringshälften in einer Mayonnaise mit Apfel, Gurke und Zwiebeln, die auf einer ovalen Platte angerichtet wurden. Auch die Heringsfilets incl. der Hausfrauensauce kamen aus einem Eimer im Kühlraum.

Das Pendant zur Schlachtplatte in der kalten Küche war die Hausplatte, bestückt mit Schweinskopfsülze, Thüringer Rotwurst, Kassler Braten und Mettwurst. Obenauf wurde noch eine halbe, kunstvoll eingeschnittene Wurst drapiert, sodass es aussah, als wäre ein Oktopus auf dem Wurstberg gestrandet.

Superschnell ging auch kaltes Kotelett oder Würstchen mit Kartoffelsalat. Der Salat war fertig, jedoch Eigenfertigung. Es musste nur noch das Schweineteil daneben platziert und garniert werden. Zur Standard Gurkenscheibe und Tomate bot sich hier noch eine

Scheibe vom gekochten Ei und etwas Petersilie an.

Typisch für die damalige Zeit war auch »Russisch Ei«: Zwei halbierte Eier auf Kartoffelsalat, mit Sc. Remoulade nappiert, obenauf als pinkfarbene Krönung etwas von diesen Lachschnitzeln. Sozusagen, alles, was das Herz begehrt.

Ein weiterer Renner war Rindertatar. In einen Haufen von ca. 200 g Tatar, frisch durch den Wolf gedreht, wurde mit einem rohen Hühnerei ein Loch gedrückt und anschließend mit einem rohen Eigelb gefüllt. Über Keime an den Eierschalen machte sich da keiner Gedanken, wurde das Tatar doch frisch verzehrt. Der Fleischhaufen, der meist aus der Rinderschulter stammte, wurde dann noch mit gehackten Zwiebeln, Kapern, einigen Zwiebelringen und Sardellenfilets garniert. Die Zwiebelringe wurden dafür kunstvoll durch Paprikapulver und gehackte Petersilie gezogen.

Ach ja, für die Fischköppe hatten wir auch noch mehr Delikatessen parat. Neben Räucheraal, der einfach nur abgezogen, filiert und garniert wurde, standen noch Hummer- und Krabbencocktail auf der Karte. Beides gab es frisch aus der Dose. Entweder wurden die Krabben in einer Zwiebelmayonnaise angemacht oder der Hummercocktail hatte seinen Auftritt in einer Cocktailsauce, einer tomatisierten Mayonnaise mit einem

Schuss Cognac, der drei Sterne hatte. So gesehen war es auch eine Sterneküche.

Angerichtet wurde der Hummercocktail in einer Sektschale. Das machte was her.

Die ersten Kaltgetränke waren auch schon unterwegs in die Küche. Die älteren genehmigten sich ein Pils »abends bit, morgens fit«, wir Stifte bekamen Limo oder Wasser. In das Büro wurden neben Pils auch hochprozentige Sachen serviert, wie Asbach Uralt, der »Geist des Weines«, den Frau G. immer bei ihrer Büroarbeit naschte.

Zwischendurch durften wir uns mit Kartoffel schälen beschäftigen, da die Frauen, die das in der Regel machten, mit anderen Arbeiten beschäftigt waren. Wir konnten uns noch nicht einmal dagegen wehren, gehörte es doch auch in den Ausbildungsplan lt. Berufsbild.

Zuerst wurde die Kartoffelschälmaschine chargenweise mit Kartoffeln beschickt. Der Abrieb, den die Trommel im Inneren der Maschine erzeugte, wurde permanent mit fließendem Wasser ausgespült und lief durch ein Sieb. Wenn das Sieb voll war, mussten wir es in den großen Kartoffeldämpfer entleeren. Hier produzierte Chef Eitel »Leckerli« für sein zweites Hobby, die Schweinemast.

Die von der Maschine polierten Bintjes mussten dann noch von den verbliebenen Augen befreit werden. Die so präparierten Kartoffeln wurden dann in einem großen gekachelten Becken in Wasser zwischengelagert.

Als das Becken voll war, hörten wir mit der Schälaktion auf.

Das Büro von Chefin und Chef wurde übrigens »Bürro« ausgesprochen. Teilweise war es überhaupt schwer mit der Kommunikation. Einige sprachen fast ausschließlich Dialekt (Nord-Niederfränkisch, Kleverländisch), der dem Holländischen sehr ähnlich war.

» As et ennen Buur schlecht gett, hangen die andere al öwer de Hekk « bedeutetet z. B. »In schlechten Zeiten haben die Bauern den längsten Atem. Bevor sie Hunger leiden, sind alle anderen schon tot.«[6]

»Öwer de Hekk hangen«, konnte man aber auch nach einem Besuch in der Kneipe.

Oder »pack gau denn bakk met an.«, häufig gefordert von Metzgermeister Martin, war eine Aufforderung eine dieser schweren Fleischwannen mit, von vorn nach hinten, zu tragen. Den Punkt mit der Fremdsprache, aus dem Ausbildungsplan, konnte ich schon fast als erledigt abhaken.

Die Bakks, also die Tröge, standen hauptsächlich im vorderen Kühlhaus neben dem Fleischergeschäft. Das Geschäft hatte bereits um 18:30 Uhr geschlossen und mittlerweile waren die Auslagen in der Theke weitgehend abgeräumt. Die Endreinigung wurde erst immer nach Küchenschluss vorgenommen, da ja auch der Fleisch- und Wurstzuschnitt für die Küche hier ablief.

Ohne Kundenverkehr konnte man sich jetzt einmal in Ruhe umsehen. Das Ladenlokal, das vollständig gekachelt war, bestand aus der Kühltheke, einem Hackklotz, einer Aufschnitt Maschine und der Registrierkasse, die hauptsächlich zur Lagerung des Wechselgeldes und der Einnahmen diente, da das Druckwerk wohl altersschwach war. An der Wand hinter der Theke waren Aluminium-Leisten für die Fleischhaken montiert. Auf den oberen Leisten hingen diverse luftgetrocknete Würste und Speck. Auf der Ablage darunter, in feinstem Marmor gehalten, war ein sogenannter »Steaker« montiert. Der bestand aus zwei mit Dornen besetzten Walzen, durch die das Steak oder Schnitzel gedreht wurde. Das Kühlhaus bestand aus zwei Räumen. Im Vorraum gab es mehrere gemauerte Pökelbecken, in denen sich einige Schweineschinken tummelten. Davor lagerte mindestens einer von diesen Bakks, in denen sämtliche Fleischabschnitte landeten. Daneben stand ein Eimer mit Pökelsalz. Immer wenn eine Lage komplett war, wurden die Parüren (Abschnitte) und das Kleinfleisch mit Salz bestreut, dann kam die nächste Lage. Das war dann u. a. Basis oder Zuschlag für Wurstbrät und Frikadellen. Der hintere Kühlraum hing voll mit Schweinehälften, Kalb- und Rindfleisch und diversen Kochwürsten. Wiener Würstchen und Bratwürstchen schwammen in Behältern, in einer Salzlake. Das Ladenlokal hatte neben der Funktion als »Boucherie« oder Fleisch-Posten noch einen weiteren Vorzug.

Man hatte einen direkten Blick auf den Parkplatz und konnte sehen, wie viele Autos bzw. Gäste auf einen zukamen. Gefürchtet waren besonders Busse, die manchmal sogar im Zweier- oder Dreier-Pack vorfuhren. Im Mittagsgeschäft hieß es dann erst einmal, die Tagessuppe entsprechend zu strecken. Im besten Fall passierte das mit einer verfügbaren Brühe. Ein Eimer Kranenburger bzw. Leitungsfond, veredelt mit gekörnter Brühe, tat notfalls aber auch seine Dienste. Hauptsache es schmeckt!

Von alldem ahnte ich aber noch nichts. Jetzt galt es erst einmal, den ersten Arbeitstag sauber hinter sich zu bringen.

Kurz vor 22 Uhr war Abräumen angesagt. Der ganze Kladderadatsch musste abgedeckt, weggeräumt und in die Kühlung gebracht werden. Das ging in einem Mordstempo. Das Gros vom »Mise en Place«, alle vorgeschnittenen Gemüse landeten in der Grand Jus, die immer gehaltvoller wurde.

Putzen war auch noch gefordert. Sogar der Herd musste mit Spachtel und Drahtbürste gereinigt werden. Im Ladenlokal musste ich den Hackklotz mit einer überdimensionierten Hackklotzbürste abschrubben. Jean reinigte die Aufschnitt Maschine und den Steaker. Der Fleischwolf, der im Kühlraum lag, musste auch noch zerlegt und gereinigt werden. Dann nahte die Putzkolonne, in

Gestalt von Martha, einem (in die Jahre gekommenen) Mädchen für alles, so um die 55.

Martha brummelte sich oft etwas in ihren Damenbart und schimpfte gerne in einem bayerischen Dialekt. Dabei beschwor sie allerlei spirituelle Obrigkeiten herbei: »Mei Gott«, »Maria & Josef«, »Jessus«, »Heiliger Bonifatius« und »Hergott Sakkra« waren die gefragtesten Geister. »Kruzitürken« gab es auch noch, wurde aber weniger benutzt, wohl wegen der osmanischen Bedrohung, der Arbeitsimmigration türkischer Gastarbeiter, die seit 1961 im Gange war.

Martha wischte noch mal nach, wo die Köche geschlampt hatten und machte sich dann über den Fußboden her. Soda war das Reinigungsmittel der Wahl und wurde sogar zum Wäschewaschen eingesetzt. Mit dieser Lösung wurde jetzt auch der Fußboden gereinigt.

Nachdem noch die Küche ausgefegt worden war, verstauten wir unsere kostbaren Werkzeuge, die Messer und sonstiges Zubehör, in den Küchenschubladen, legten die Schürzen ab und stürmten rauf in unsere Suiten. Auf der Treppe hörte man noch Marthas abebbende Schimpfkanonaden.

Oben angekommen traute ich meinen Augen nicht, als ich in den Spiegel des Kleiderschrankes schaute. Neben den Schleifspuren vom Dosenschleppen fanden sich noch etliche Fettflecke, undefinierbares Grün und jede Menge Rote Beete Flecken auf meiner schönen neuen Jacke. Der Bereich, den die Schürze vor Verschmutzungen geschützt hatte, hob sich strahlend weiß ab. Ich sah aus wie ein Schwein. So langsam hatte ich meine Zweifel, dass vier Koch-Garnituren ausreichen würden. Kochjacken in dezentem Schwarz, wie man sie heute sieht, gab es damals nicht.

Als Erstes riss ich mir die Schuhe von den Füßen und suchte meine »Berkemanns« aus dem Koffer. Den ganzen Tag auf den Füßen zu sein, war doch sehr anstrengend.

Die Betten in unserem Zimmer waren noch aufgebaut wie ein Ehebett. Fips und ich entschlossen uns ein wenig umzuräumen und schoben die Betten auseinander. Wir wollten ja nicht zusammen kuscheln. Platz war ausreichend. Ein weiterer Vorteil war, dass man nun von beiden Seiten rein und raus kam.

Nach einer kurzen Katzenwäsche wurde noch nebenan, bei Jean und Thilo, Skat gekloppt, bis nach Mitternacht. Wir konnten ja sozusagen ausschlafen und brauchten erst wieder am nächsten Tag um 10:00 Uhr in der Küche anzutreten.

Jetzt war es schon Freitag, der 1. April, der erste offizielle Arbeitstag. Wir waren rechtzeitig zum Dienstantritt wach geworden und schon vor zehn in der Küche. Beim Service wurde schon mal eine große Kanne Kaffee geordert. Bis es so weit war, wanderte erst einmal ein Bräter mit Schweinshaxen, Rippchen und gehackten Saucen-Knochen in den Backofen.

Thilo musste noch aus dem Ladenlokal etwas Wurst organisieren, dann war Frühstück angesagt. Frische Brötchen, Wurst, Aufschnitt, Käse, Marmelade, alles, was das Herz begehrt. Beim Frühstück wurde auch gleichzeitig abgesprochen, was so für den heutigen Tag neben dem Tagesgeschäft anliegt. Die Fritteuse brauchte frisches Fett, die großen Töpfe mussten freigemacht werden für die Präparationen am Wochenende, Fisch von der Bahn abgeholt und Sauerkraut für die Zubereitung von »Szegediner Gulasch« getrocknet werden.

Ich lernte auch eine für mich neue Geschmackskombination kennen. Brötchen mit altem Gouda und Kirschmarmelade wäre für mich vorher ein »no go« gewesen. Aber ich ließ mich überzeugen.

Nach dem Frühstück ging es dann weiter. Thilo hatte schon Blecheimer mit Rindertalg auf den linken Teil des Herdes gestellt, welches nun fast vollständig geschmolzen war. Das alte Fett aus der Fritteuse, das schon schön braun gefärbt war, wurde in Blecheimer abgelassen und zum Abkühlen nach draußen gestellt. Nachdem die Fritteuse ausgeputzt worden war, wurde das frische Fett eingefüllt und die Thermostate auf 180 °C eingestellt, die Temperatur zum Blanchieren der Pommes-frites. Von den geschälten Kartoffeln wurden nun geeignete große Exemplare ausgesucht und durch die Pommes-Presse, die Schneideeinrichtung für Pommes frites, gedrückt. Heraus kamen schöne wohlgeformte, manchmal auch krumme Kartoffelstifte, die anschließend körbeweise in dem heißen Rindertalg versenkt wurden. Wir hatten gerade mit dem Blanchieren der Fritten begonnen, als der Anruf vom Bahnhof kam. Der Fisch aus Düsseldorf musste abgeholt werden.

Ich glaube, das geht heute noch nicht einmal bei »Amazon Prime« so fix. Gestern erst bestellt und heute vor der Haustür. Im Herbst des gleichen Jahres konnte man übrigens bereits bei Neckermann erstmals halbe Schweine zu einem Dumpingpreis bestellen, was die Kunden dazu verleiten sollte, eine Tiefkühltruhe zu bestellen.

Ich ging los, es war ja auch nur ein Katzensprung bis zum Bahnhof.

Meine Kochkleidung war so eine Art Ausweis im Dorf. Ich hätte sonst wo einkaufen können, die Rechnung hätte immer das Hotel bekommen.

Der Bahnbeamte sah mich kommen und schob schon mit einem großen Karton auf einer riesigen Sackkarre auf mich zu und sagte: »ävel gau trökk.« Das war platt, kurz und bündig, es gab ja auch nicht mehr zu sagen. Übersetzt hieß das bestimmt: »Hier ist ihr Fisch«.

Ich musste noch einen Beleg unterschreiben, dann schob ich mit dem Riesenteil los. Es hätten noch gut mehr Kartons auf der Karre Platz gehabt.

Die Fischlieferung enthielt frischen Rotbarsch, Heilbutt, Seezungen, Forellen und Räucheraal. Die große Auswahl an Fisch hatte man nicht. So etwas wie »Red Snapper« war schlicht eine Fata Morgana.

Einen Teil des Fisches legten wir in die Kühlung auf Eis für das laufende Tagesgeschäft. Der Rest wurde portioniert und in der Tiefkühltruhe verstaut, wo er bei Bedarf portionsweise entnommen werden konnte.

Erinnerungen von »Verleihnix«:

Bei der Gelegenheit kann man nochmal Revue passieren lassen, was die Fische anno dazumal so gekostet haben. Es war das reinste Paradies.

Das Hamburger Abendblatt schreibt am 11.03.1966:

»Man zahlt, für Heringe ab 60 Pf., für Rotbarsch im Ganzen 90 Pf., für Rotbarschfilet 2 DM bis 2,80 DM, für Seelachsfilet 1,60 bis 1,80 DM, für Angelschellfisch 1,30 bis 1,90 DM, alles je Pfund, für lebende Schollen 1,30 bis 2.20 DM, für gekehlte Schollen 1 bis 1,80 DM je nach Größe«.[7]

Bei den Preisen muss man jedoch neben den geschrumpften Fischbeständen und der ge-

stiegenen Nachfrage berücksichtigen, dass auch der heutige Aufwand zur Sicherstellung der Verkehrsfähigkeit gestiegen ist.

Ein Beispiel ist das frühzeitige Ausnehmen und Abtrennen der Bauchlappen bei Frischfisch, um eventuell vorhandene Nematoden zu entfernen, sowie die Kontrolle der Fischfilets auf Leuchttischen.

Da ich ohnehin noch mal los musste, die DB Sackkarre zurückbringen, bekam ich den Auftrag beim Klempner einen »Herdhobel« mitzubringen. Ich dachte mir schon meinen Teil, sagte aber nichts.

Das Wetter war ausgesprochen gut, so machte es sogar Spaß mal an die frische Luft zu kommen. Bahnbeamter, so dachte ich, wäre bestimmt auch ein guter Job gewesen, als ich die Karre zurückbrachte. Die waren mindestens zu zweit auf dem kleinen Bahnhof und es war so gut wie nichts los. Stündlich kam ein Zug aus Richtung Duisburg, einer aus der anderen Richtung, aus Kleve.

Auf dem Weg zum Klempner steckte ich mir erst einmal eine Zigarette an. Hinter der Kneipe Hennemann musste ich rechts ab in die Milchstraße, den Klempner konnte ich nicht verfehlen. Komischerweise erwartete man mich schon zu dritt. »Die wollen wohl alle was zu lachen haben«, dachte ich und bestellte den Herdhobel. »Hämme mir niet, watt schall dat sin?«, fragte der Oberklempner. Unterwegs hatte ich mir schon überlegt einfach einen Spachtel mitzubringen. »Ein Gerät, zur Herdreinigung, wenn sie keins haben, geben sie mir doch einfach einen Spachtel mit«, antwortete ich. Es dauerte etwas, bis sie sich auf den Deal einließen. Dann zog mit meinem Spachtel von dannen. Die hielten mich jetzt bestimmt für arrogant, mit meinem Hochdeutsch, dachte ich.

»Das war ein schlechter Scherz, Herdhobel gibt's da nicht, ich habe einen Spachtel mitgebracht, mit dem kann man auch den Herd reinigen«, sagte ich nur, als ich zurück war. Da keiner so richtig lachen konnte, hofften alle auf die Sauerkraut-Trocknungsaktion, die aber erst abends stattfinden sollte.

Ich durfte mit Thilo weiter am Entremetier-Posten rumköcheln. Die Pommes waren fertig blanchiert, Reis und Nudeln waren gegart, in Siebe abgegossen und Kartoffeln aufgesetzt. Ein großer Topf mit Sauerkraut kochte auch schon. Das Sauerkraut war irgendwie schrecklich. Das blanke Kraut hatte er einfach mit Wasser aufgesetzt. Salz, Zucker, mehrere Lorbeerblätter und Wacholderbeeren sowie eine geräucherte Schwarte sollten den Geschmack richten. Zum Schluss wurde das Kraut leicht mit Speisestärke abgezogen. Stand eine Flasche Sekt in der Nähe, wurde dieser Kohl auch als Champagnerkraut angeboten.

In der Summe war diese Zubereitung von Thilo allenfalls auf Hausfrauen-Niveau. Das geht aber auch noch besser.

Geschmortes Sauerkraut (Gourmet Variante)

für ca. 4 Personen.

Zutaten:
500 g Sauerkraut, frisch oder pasteurisiert
2 Zwiebeln
80 g Schweineschmalz oder Pflanzenöl
100 g geräucherter durchwachsener Speck, fein gewürfelt
100 ml Brühe oder Weißwein
Lorbeer; Wacholder

Zubereitung:
Den fein gewürfelten Speck im Schmalz anschwitzen und anschließend die in Julienne geschnittenen Zwiebeln dazugeben, dünsten, bis die Zwiebeln glasig sind, das Sauerkraut, 1 Lorbeerblatt und einige Wacholderbeeren hinzufügen. Alles mit 100 ml Brühe aufgießen und ca. ½ Std. dünsten. Frisches Sauerkraut braucht länger und sollte mindestens. 1 Stunde auf der Flamme bleiben. Zwischendurch immer mal den Deckel lüften und gucken, ob noch ausreichend Flüssigkeit am Topfboden ist. Manches Kraut saugt sehr stark. Gegebenenfalls etwas Brühe oder Wasser nachgießen, jedoch das Kraut immer ziemlich kurz halten, sodass sich wenig Flüssigkeit absetzt. Mit Salz, Pfeffermühle und einer Prise Zucker abschmecken.

Pikante Sauerkrautsuppe

Zutaten:

1 Zwiebel, 1 Paprikaschote, gewürfelt, 1 gro-
ße Kartoffel, gewürfelt, ca. 500 g Sauerkraut,
2 EL Schweineschmalz oder Öl, 1 EL Toma-
tenmark, Pfeffer schwarz, Paprika edelsüß
Piment d'espelette oder Chilli, 2 Knoblauch-
zehen, Kümmel, Zitronenabrieb, ca. 1l Brühe
200 ml saure Sahne, ca. 300 g Kolbasz (un-
garische Salami) oder ersatzweise Chorizo.
Auch mit Krakauer schmeckt's.

Zubereitung:
Sauerkraut grob durchhacken. Schmalz in
einem Topf erhitzen. Zwiebeljulienne, Paprika
und Chilli andünsten. Tomatenmark kurz mit
anrösten und das Sauerkraut sowie die ge-
würfelten Kartoffeln zugeben. Mit Salz, Pfef-
fer, reichlich Paprika, Knoblauch, Zitronenab-
rieb und Kümmel würzen. Mit ca. 1 l Brühe
ablöschen. Alles aufkochen und ca. vierzig
Minuten leicht köcheln. Die Kartoffeln und
Zwieblen sollten leicht verkocht sein

Wurst in Scheiben schneiden und in der Sup-
pe kurz erhitzen. Kurz vor dem Anrichten,
nochmals abschmecken und die saure Sahne
unterziehen.

Genauso profan wie das Sauerkraut war das Gemüse. Die Dosenware wurde einfach in die Bain-Marie-Einsätze gefüllt und mit Salz, Zucker und Mariahilf ein wenig abgeschmeckt. Ein Stich Butter kam auch noch dran, auf die grünen Bohnen ein wenig Speck und Zwiebel.

Manchmal gab es allerdings auch saisonale frische Gemüse, Weiß- und Rotkohl fast ganzjährig. Im Sommer Blumenkohl, Kohlrabi, Karotten, Bohnen und zur Spargelzeit natürlich die weißen Stangen, bis zum Abwinken. So gesehen war es eine ehrliche Küche. Frische Gemüse gab es eben nur in der entsprechenden Saison.

Reis und Nudeln (durchgebrochene Spaghetti) landeten ebenfalls in dem Bain-Marie. Salz, Muskat und Butter waren die Begleiter.

Das Kartoffelpüree war dann wieder klassisch. Frisch gepresste Kartoffeln wurden mit reichlich Butter glatt gerührt und die Konsistenz mit heißer Milch eingestellt. Natürlich gehörte auch Muskat an das Püree. Andere Beilagen, wie Pommes Croquettes, Pommes Douphin oder Pommes Duchesse gab es nur sonntags, zur Wildsaison oder bei vorbestellten Menüs. Kartoffelklöße tauchten, wenn überhaupt, zur Gänse-Saison auf der Karte auf und waren dann auch nicht frisch hergestellt, sondern wurden aus einem Pulver angerührt und geformt.

Die Zuständigkeit für Suppen war in dieser Küche auch anders geregelt. Die Tagessuppe machte der Salatposten. Die Suppen der Abendkarte wurden vom Saucier-Posten aufgewärmt. Neben einer Hühnerbrühe mit Ei standen noch Geflügelcremesuppe, Champignoncremesuppe, Gulaschsuppe, klare Ochsenschwanzsuppe und Schildkrötensuppe »Lady Curzon« zur Auswahl.

Trotz der Fülle von Konserven und Fertigprodukten konnte man sich auf diesem Posten schön den Arsch aufreißen. Erstens machten die frisch zubereiteten Pommes frites eine Menge Arbeit. Zweitens musste man ja immer sofort alles parat haben, wenn ein Essen abgerufen wurde. Extrawünsche der Gäste wie z. B. Bratkartoffeln wurden auch nur ungern angenommen.

Bevor das Mittagsgeschäft losging, musste noch ein großer 80 l Topf mit Rindertalg vom Herd, passiert und in Eimer gefüllt werden. Das wäre auch, körperlich leichter, mit einer Kelle gegangen. Zu zweit, den Topf angehoben, gekippt und den Talg in die bereitstehenden Eimer mit Spitzsieb gegossen, ging aber schneller.

Ein wenig von dem flüssigen Talg ging natürlich daneben, was Martha in Wallung brachte. Wir hatten kaum die Eimer beiseite gestellt, da war sie schon mit dem neuen Herdhobel und einem Feudel angerückt, um schimpfender Weise das Unglück aus der Welt zu schaffen.

Auf die gleiche Weise wie der Rindertalg wurde der Topf mit dem Rinderschädel entsorgt. Der köchelte ja schon seit Mittwoch vor sich hin. Ich war der Meinung, dass die Brühe ein wenig leimig roch, fand jedoch kein Gehör.

Die Töpfe mit den verbliebenen Grieben und Knochen stellten wir raus auf den Hof.

In der Regel wurde so etwas durch den Haus- und Hofgärtner und Schlachtgehilfen Gustav entsorgt. Gustav war Rentner und nur halbe Tage an Werktagen beschäftigt.

Er karrte das, was nicht an die Schweine verfüttert werden konnte, nach achtern zum Konfiskat, einem abgeschlossenen Schuppen, in dem speziell alle Schlachtabfälle zwischengelagert wurden, bevor die Gemeinde sie entsorgte.

Im Sommer gab es da Fliegen »en masse« und natürlich auch Fliegenmaden, die oft schon durch die Türritzen des Schuppens quollen. Wenn man dann die Türen öffnete, sah es fast so aus, als wären die Berge mit Gedärm und anderem Schlachtabfall in Bewegung, wie eine Woge im Meer. Als ich das erste Mal diese Kloake sah, ahnte ich, wo die große Menge an Fliegen herkam. Sie trieben dort überall ihr Unwesen. Man konnte dort jede Menge dieser »Doppeldecker« beobachten. Auf den Geruch in dem Schuppen möchte ich nicht näher eingehen. Beschwerden aus der Nachbarschaft wegen Geruchsbelästigung gab es aber keine.

Die Bekämpfung der Fliegeninvasion in der Küche und der Fleischerei übernahm regelmäßig Frau G., indem sie nach Küchenschluss, nachdem alle offenen Regale abgedeckt waren, Unmengen an Insektenspray, versprühte.

Abb.6: zwei Fliegen bei der Paarung, Bildausschnitt [8]

Das Spray konnte man noch am nächsten Tag riechen. So einmal pro Woche lies die

Chefin den Kammerjäger raushängen, im Sommer auch öfter. Die Fliegenfänger, die von den Decken hingen, mussten dann auch ersetzt werden.

Es war kurz vor zwölf und noch keine Bestellung eingegangen. Jedoch hingen schon etliche Zettel von einem Kellner-Notizblock mit Asbach Werbung auf dem Bonbrett. Darauf standen Bestellungen für Frikadellen und kalte Koteletts von den Kneipen aus der Umgebung. Die örtlichen Gaststätten deckten sich zum Wochenende immer entsprechend ein.

Es dauerte nicht lange und Metzger Heinz brachte die ersten Tabletts mit fertig geschnitten Koteletts. Die Frikadellen-Masse kam aus der Wurstküche von Fleischermeister Martin, den wir manchmal auch Gauleiter nannten, wegen seiner ständigen Aufforderung nach mehr Tempo. Es musste alles »gau« = fix gehen.

Es war keine Hackfleischfarce, wie man sie normalerweise kennt, aus Hackfleisch, Brötchen und Ei, sondern eine gekutterte, leicht rötliche Masse, wie ein feines Wurstbrät. Bis zum Ende blieb es Martins Geheimnis, was die Masse so alles beherbergte. Neben Rinder- und Schweinehackfleisch waren auf jeden Fall auch immer Teile des gesalzenen Kleinfleisches aus den Bakks im Kühlraum darunter sowie Gewürze und Schüttung (Eiszusatz beim Kuttern von Wurstbrät). Möglicherweise verwendete er auch Kutterhilfsmittel (u. a. Phosphate zur Erhöhung der Wasserbindung und Emulgierung).

Wie auch immer, die Frikadellen kamen bei allen gut an. Dieses Mal handelte es sich um eine harmlose Bestellung von achtzig Bouletten. Ungefähr die gleiche Menge an Schweinekotelett musste ebenfalls paniert und gebraten werden.

Den Rest des Mittags war ich damit beschäftigt, Frikadellen abzudrehen. Da sie in etwa gleich groß werden sollten, portionierte ich sie mit einer Suppenkelle vor.

Fips musste an der Panierstraße die gewürzten Koteletts erst durch Mehl, dann durch Ei und zu guter Letzt durch das Paniermehl ziehen und leicht abklopfen. Ein bis zwei große Pfannen mit Frikadellen und Kotelett standen jetzt immer auf dem Herd. Für das Tagesgeschäft musste aber auch noch ein wenig Platz bleiben.

Traditionell liefen Eierspeisen und Fisch-Gerichte freitags gut. Den Heilbutt gab es gesotten, den Rotbarsch in Eihülle. Die klassische Gourmand Platte wurde aber auch mehrfach abgerufen.

Gegen Ende des Mittagsgeschäftes wurde die Anzahl der Pfannen auf dem Herd nochmals erhöht, um die restlichen Koteletts und Frikadellen weg zu braten. Am Ende waren es auch nicht 80, sondern 120 Frikadellen. Im Ladengeschäft wurden die

Dinger nämlich auch verkauft wie warme Semmeln.

Um 15:00 Uhr war Freizeit angesagt. Thilo ging mit Fips schon mal vor in den Festsaal, die Tischtennisplatte vorbereiten. Unterdessen präparierten Jean und ich, in einem Nebenraum der Wurstküche, die Wäscheleinen für die Sauerkraut-Trocknungsaktion. Damit es glaubwürdiger aussah, wurde hier und da schon mal ein Krautrest hinterlegt. Dann ging's ab in den »drei Könige Saal«.

Die Tischtennisplatte war auf der Bühne aufgebaut. Rings herum waren Tische und Stühle gestapelt, Platz war aber reichlich. Ging beim Spielen mal ein Ball von der Bühne, musste man sich ordentlich bewegen und manchmal in die hintersten Ecken kriechen. Dabei sah ich eine von ihnen das erste Mal, eine superfette Ratte, wie sie sich müde, scheinbar leicht angeschlagen, in eine Öffnung im Dielenboden verkroch. Jetzt wurde ich auch über die weißen Röhren aufgeklärt, die hier und da mal zu sehen waren. Da wurde das »Naschi« für die Ratten platziert. Na denn, Bon appétit !

Nach dem Tischtennis ruhten wir noch ein wenig auf unseren Betten. Fips hatte ein Kofferradio mit, das ein wenig mehr hergab als mein kleines Transistorradio. Vorzugsweise hörte man damals BFBS, da gab es den besten Beat. »Get off of My Cloud« »Wooly Bully« oder »Marmor, Stein und Eisen bricht« waren einige der beliebtesten

Ohrwürmer. Aus unserem kleinen Giebelfenster konnte man auch gut das Geschehen auf und um die Bundesstraße beobachten. Verkehr war massig. Alles, was aus Nijmegen und Kleve gen Ruhrgebiet und in die andere Richtung unterwegs war, fuhr hier durch. Es war durchaus interessant, welche neuen und alten Autos da unterwegs waren. Die Zeit, in der wir Autoquartett spielten, war ja gar nicht so lange her. Den Hotelparkplatz hatte man auch im Visier und konnte sich ggf. noch aus dem Staub machen, wenn ein Bus vorfuhr. Sonntags war auch gut zu beobachten, wer alles in der Kirche war und welche Dorfschönheiten es gab.

Als wir aus der Mittagspause kamen, war Martin der Ober-Fleischer schon im Feierabend-Modus und hatte bereits seine Ausgehklamotten an. Er hatte auch schon einige Pils intus. Fahren brauchte er ja nicht, denn sein Lappen war schon eingezogen. Einer seiner Kumpel nahm ihn auf dem Rückweg von der Arbeit mit nach Goch, wo er wohnte und wo es freitags wohl hoch herging. Zusammen mit dem Altgesellen, der noch die Stellung halten musste, trank er ein Abschiedsbier. So trat er gut vorgeglüht seine Freizeit an.

Für uns in der Küche bedeutete das Wochenende zwei Großkampftage. Freie Tage konnten samstags und sonntags nur ausnahmsweise gegeben werden. Es gab ohnehin nur einen freien Tag pro Woche. Aber noch war es verhältnismäßig ruhig, so etwa wie bei einer Flaute vor dem Sturm. Nachdem wir einige Essen geschickt hatten, zog Thilo mit Fips und einem Eimer Sauerkraut los. Damit es nicht auffällig war, durften wir anderen erst später gucken kommen. Nach einer halben Stunde war es so weit. Fips hatte in der Zeit ca. 5 m Leine mit dem Kraut behängt. Ich glaube er wusste es auch schon längst, dass es sich um einen Aprilscherz handelte, zog aber den Auftrag durch, bis er erlöst wurde.

Der Folgeauftrag war aber auch nicht viel besser.

Freitags kam immer »Hühner-Harry« der Geflügelhändler. Zuerst saßen Eitel und Hühner-Harry im Büro, tranken Bier und feilschten wohl um den Preis bzw. Tauschwert der Vögel, dann holte Harry seine Kisten mit Geflügel aus dem Lieferwagen. 10 Hühner und 20 Hähnchen waren der Standard pro Woche. Manchmal brachte er auch noch Poularden für die Herstellung von »Galantine« mit (einer mit Farce und anderen Zutaten gefüllten Zubereitung aus entbeinten Poularden oder Enten, die in ein Tuch gewickelt, pochiert wurden). Die Poularden mussten wir für ihn von den Knochen befreien. Das war eine knifflige Angelegenheit, die ich erst ab dem zweiten Lehrjahr durchführen durfte. Erst einmal ging es aber um die Broiler, die er im Gepäck hatte. Die wa-

ren zwar gerupft aber noch nicht ausgenommen. So war der ruhige Freitag-Abend
auch gelaufen. Fips und ich waren dann
erst einmal damit beschäftigt, den Hühnern
in den Allerwertesten zu greifen.

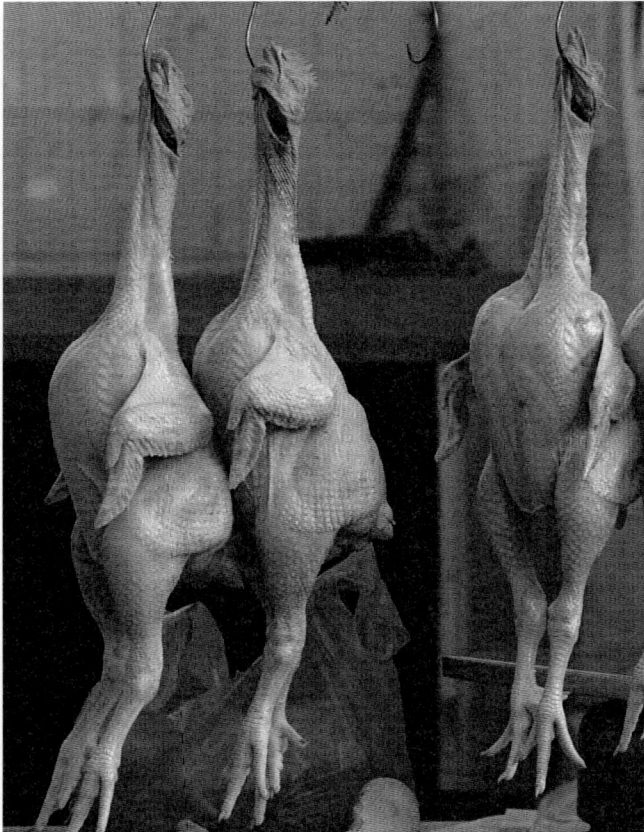

Abb. 7: Hühner auf dem Markt, Ausschnitt [9]

Wenn auch ein wenig unappetitlich, war die Sache nicht ganz so anspruchslos, musste man doch darauf achten, die Galle nicht zu verletzen. Die Lebern und Herzen mussten auch noch vom anderen Gedärm getrennt werden.

Das Gedärm und die Innereien schimmerten in allen erdenklichen Farbtönen, wie ein Regenbogen. Die Mägen wurden aufgeschnitten und ausgewaschen.

»Omelette mit Geflügelleber und frischen Champignons« stand nächsten Tag auf der Mittagskarte.

Frische Champignons waren zu der Zeit übrigens nicht so selbstverständlich wie heute, obwohl hin und wieder eine Lieferung auftauchte. Meist aber gab es die gute Dosenware aus Fernost. Keiner der Gäste meckerte deswegen, es gab eher mal ein extra Lob bei frischer Ware.

Nach Geflügelleber war mir aber erst einmal nicht mehr.

Trotz der unappetitlichen Arbeit hatten wir schon wieder Hunger. Jean zeigte uns wie ein Rumpsteak aussieht und wo es am Rind zu finden ist. Das war superabgehangene Ware, die heutzutage überteuert mit dem Attribut »dry aged« zu kaufen ist. Zu der Zeit gab es so was wie Folienreifung noch nicht, die Rinderviertel hingen immer mindestens 3 Wochen trocken in der Kühlung. Ein Probesteak wurde auch gebraten und so nebenbei verkostet, sozusagen für den kleinen

Hunger zwischendurch. Das Steak war »bleu« gebraten und trotzdem superzart, was ganz neu war für mich, zu Hause gab es alles gut durchgebraten. Ich war stark begeistert.

Damit nicht genug, Jean kramte noch eine Filetspitze aus dem Kühlraum, die fast schwarz war. »Die hat schon einen leichten »Hautgout«, sagte er. Nachdem er das Stück gebraten und in 3 Stücke geteilt hatte und ich mir ein Stück einverleiben konnte, wusste ich wie ein gut gereiftes Fleisch schmecken musste. Es war superlecker, die leichte Säure mit den Aromen der Fleischreifung und den Röstaromen, die sich beim Braten gebildet hatten.

Fleischreifung:
Ein paar Basics sollte man wissen, um beim Einkauf von Fleisch nicht über den Leisten gezogen zu werden.
Frisch geschlachtetes Fleisch ist kurz nach dem Schlachten von weicher, gummiartiger Konsistenz. Der Beginn der Totenstarre führt zunächst zu einer Zunahme der Zähigkeit des Fleisches, weil die Muskeln aufgrund der Anhäufung von Milchsäure, die durch den Abbau des im Muskel befindlichen Zuckerstoffes Glykogen entsteht, fest und zäh werden. Durch diverse biochemische Vorgänge, während der Lagerung, Mikroorganismen und Enzyme, kommt es zu einem weiteren Abbau der Eiweißketten, was das Fleisch

langsam zart werden lässt. Grundsätzlich ist eine Lagerung von mindestens zwei bis drei Wochen für die Reifung von Rindfleisch unerlässlich. Neben der traditionellen Reifung, der besten Reife-Methode, bei der ganze Rinderviertel oder große Teile wie Roastbeef am Stück bei +1 °C unverpackt gelagert werden, gibt es noch die sogenannte Folienreifung.

Bei der Folienreifung werden die zu reifenden Teile bereits beim Erreichen einer Kühltemperatur von +7 °C vom Knochen gelöst, in Sauerstoff undurchlässige Folienbeutel im Vakuum verpackt und 2-3 Wochen bei +1 °C gelagert. Die Vorteile dieses Verfahrens hat alleine der Fleischer, da der Folienbeutel gleichzeitig eine Abtrocknung und somit einen Gewichtsverlust verhindert.

Neben dem erhöhten Wasseranteil*, der speziell beim Braten von Steaks und auch anderem Fleisch nachteilig ist, kann durch die Milchsäurebildung auch ein zu säuerlicher Geschmack des Fleisches hervorgerufen werden.

Kalbfleisch sollte mindestens 1 Woche reifen. Schweinefleisch ist bereits nach 3 Tagen verzehrfähig.[10]

Am besten ist es den Fleischer seines Vertrauens nach der Reifezeit und Methode zu fragen oder sich ein entsprechendes Stück abhängen zu lassen.

Im Supermarkt ist manchmal die Reifezeit des Fleisches auch angegeben. Edeka wirbt z. B. oft mit dem Hinweis: »mindestens 14

Tage gereift« Diese Ware ist dann vorportioniert und foliengereift.

Vorsicht bei vorverpackter Ware ohne entsprechende Deklaration. Das könnte zäh werden.

*Und nicht wundern, wenn es beim Anbraten in der Pfanne oder dem Bräter anfängt zu kochen. Neben dem erhöhten Wasseranteil im Fleisch kann eine zu niedrige Temperatur des Bratgutes dafür verantwortlich sein. Deshalb Fleisch vor der Zubereitung erst einmal auf Raumtemperatur bringen.

Im Restaurant war nicht sehr viel Betrieb, dafür schleppte Anneliese, eine der Kellnerinnen unentwegt Nachschub in Form von Bitburger-Pils in das Bürro, wo noch immer Hühner-Harry mit Eitel hockte. Der Mann hatte Sitzfleisch. Es war schon fast dunkel als er leicht angeschlagen seinen Lieferwagen, einen grauen Tempo-Rapid, startete und in leichten Schlangenlinien vom Hof fuhr.

Chef Eitel war jetzt leicht in Verzug und sowohl Fips, als auch ich, mussten ihm bei der Fütterung der wilden Bestien zur Hand gehen.

Für das Kalb musste Mastfutter, ein getuntes Milchpulver, in lauwarmem Wasser gelöst werden. Mein Arm verschwand fast zu Gänze im Eimer und die Hand erforschte die Restklümpchen am Boden, die es zu eliminieren galt. Eitel prüfte dann mindestens zehnmal die Temperatur des Zaubertranks, bevor er an das Kalb verfüttert werden konnte. Ich glaube, am liebsten hätte er davon getrunken, damit auf jeden Fall die Temperatur und der Geschmack optimal sind. Dann ging es los zu den Stallungen, die ca. 80 m entfernt am Ende des Hofes lagen. Dort gab es zwei Schweinebuchten und einen etwas abgetrennten Stall, in dem das Kalb untergebracht war. Auf der rechten Seite führte eine Holztreppe hoch auf den Heuboden, auf dem Stroh gelagert war. Unter der Treppe standen mehrere Säcke mit Schweineschrot sowie einige Schaufeln und Heugabeln. Die »Poggen«, die Schweine, bekamen schon in Eimern bereitstehende Essensreste, die Martha und Co in der Spülküche gesammelt hatten. Wir kippten das ganze Gelump in die Tröge, darüber kam noch ein wenig Schrot. Der Inhalt der Eimer roch schon deutlich vergoren, was die Schweine auch bemerkten. Sie waren schon ganz närrisch und quiekten laut vor Aufregung.

Die ersten Gläser Pils, die Menge, die über Nacht in den Leitungen stand, landete ja auch täglich im Schweinefutter. Vielleicht roch es deshalb so verlockend.

Als Fips und ich den Stall verließen, hörten wir die Schweine zufrieden grunzen. Chef Eitel hielt immer noch, fütternderweise, dem Kalb den Eimer, und ich glaubte er grunzte auch.

Ein Wochenende

Der Tag begann, wie die anderen, mit dem gemeinsamen Frühstück. Ich hatte einen Logenplatz erwischt und konnte zur Linken immer das Geschehen auf dem Hof beobachten. Jetzt stand da der blass-gelbe Opel Rekord Kombi, der Firmenwagen für größere Besorgungen und die Auslieferung von Fleisch- und Wurstwaren. Der Ausblick nach vorne war jetzt besonders anmutend, auf einen sprießenden Kirschbaum und auf andere Sträucher, die bald auch noch blühen sollten.

Die Kombination des Käsebrötchens mit der Kirschmarmelade war mir schon fast zur Gewohnheit geworden. Dennoch war so ein frisches Brötchen mit grober Leberwurst auch ein Gaumenschmaus. Mit der Wurst brauchte man ja nicht zu geizen. Manchmal gab es sogar schon Roastbeef auf dem Wurstteller, welches aber vom Rinderfrikandeau gefertigt wurde. So ein Teil wog dann ca. 3 kg und wurde gut gewürzt und englisch gebraten, für 45 min. in die Röhre geschoben. Jean trank regelmäßig den Saft, der sich beim Abkühlen des Bratenstückes im Geschirr sammelte, und behauptete dann: »Das gibt Saft auf dem Riemen«, oder manchmal auch »Das gibt Tinte auf dem Füller.« Er wusste nur noch nicht, wem er schreiben sollte.

Nach dem Frühstück galt es Besorgungen für das Wochenende zu machen: »Velveta« und »Dorahm« für »Chefin ihr Frühstücksbrötchen«, im Tante-Emma-Laden nebenan und Zwiebeln, Gemüse und Salat aus dem Gemüseladen an der Uedemer Straße, kurz vor der Kneipe.

Die Organisation des Einkaufs war unmöglich. Es gab kein vernünftiges Transportmittel, außer einer Schubkarre, in der aber auch z. B. Gedärm zum Konfiskat transportiert wurde. Besser als schleppen, dachte ich, als ich die Schubkarre ausspülte.

Jetzt war es ja noch Frühjahr und der Garten gab noch nicht viel her. Im Sommer und Herbst war das anders. Wenn Gustav, der Haus- und Hofgärtner die Gemüsekisten aus dem Garten hinter dem Schlachthaus anschleppte, konnte man ihn hinter dem Grünzeug kaum noch sehen.

Das Gemüse aus dem Garten war natürlich biologisch angebaut, mit dem ganzen Mist, der sich da so ansammelte. Entsprechend war auch der Befall mit Insektenlarven, Raupen und anderem Getier. Vorgewaschen war das Veggie auch noch nicht, was einen erhöhten Arbeitsaufwand bedeutete.

Die gute Gewächshausware, aus dem Gemüseladen war da ganz anders, sauber und frei von lebenden Bewohnern. Kein Wunder, waren doch damals noch Mittel wie Lindan oder DDT im Einsatz.

Abb.8 Giuseppe Arcimboldo, Der Gemüsegärtner[11]

Ich bin dankbar, dass ich diese Zeilen heute noch schreiben kann, wohl auch, weil ich nicht so viel Gemüse verzehrt habe. Engelbert Kotzyba, »Obst Gemüse und Fisch« stand auf dem Schaufenster des Gemüseladens, hier war ich richtig. Ein Teil des Sortiments war auch vor dem Laden aufgebaut. Die waren gar nicht so schlecht sortiert, in dem kleinen Kaff. Ohne das Hotel hätten sie bestimmt nicht existieren können. Es gab ja auch viele Selbstversorger, die sich im eigenen Garten bedienten.

Ich hatte den Auftrag für 1 Sack Zwiebeln, 3 Kisten Kopfsalat, 2 Karton Tomaten, 2 Karton Gurken, 1 Sack Möhren, 5 Sellerieknollen und 20 Lauchstangen. Es passte natürlich nicht alles auf die Schubkarre. Den Salat wollte ich auch nicht quetschen, also machte ich 2 Touren.

Anschließend ging es ab in den Tante-Emma-Laden, der von zwei alten Damen bewirtschaftet wurde. Hier konnte man auch privat auf Pump einkaufen und am Monatsende bezahlen. Die 6 Schmelzkäseecken, die ich hier einkaufte, wurden auch in das Büchlein für Pump-Einkäufe eingetragen.

Zwischenzeitlich war auch die Lieferung der Molkerei Niedermörmter angekommen. Milch, Sahne, ein Karton Butter und ein kompletter Laib Gouda. Die Kühlräume füllten sich zusehends.

Der Eierbestand war auch angewachsen. Zwanzig neue Lagen a 30 Eier türmten sich auf dem ausgedienten Bain-Marie des alten Herdes.

Vorne, im Fleischergeschäft war Hochbetrieb. Bei so Gelegenheiten, wurden wir Stifte oft publikumswirksam an die Aufschnitt-Maschine beordert und mussten Schinken und Wurstaufschnitt nachschneiden. So wurde man auch schnell bekannt bei den Eingeborenen. Nebenbei gab Frau G. auch einige Kommandos wie »nicht so dick«, »nicht so dünn« oder »ein bisschen ordentlicher«, damit auch alle wussten, dass sie das Sagen und alles im Griff hatte.

Jean bekam in der Zwischenzeit schon wieder neues Brät für Frikadellen und einen Schwung Koteletts. Aus dem Fleischerladen kamen oft auch Wünsche die Koteletts oder Bouletten aufzuwärmen, was kein Problem war. Die wanderten kurz in die heiße Fritteuse, dann waren sie wie frisch gebraten.

Das Mittagsgeschäft an den Sonnabenden war in der Regel entspannt, entsprechend gab es wenig vorgefertigte Gerichte. Nur der obligatorische ungarische Gulasch und saure Nierchen durften nicht fehlen. Aus den Überresten der alten Grand Jus hatte Karla eine Windsor Suppe, eine braune, der Ochsenschwanzsuppe ähnliche Suppe, gekocht. Den letzten Pfiff bekam sie mit einem Schuss des algerischen Rotweins und gehackten Spaghetti. Ich durfte ihr noch beim Herrichten des Desserts, Schokopudding mit Schlagsahne, helfen. Der Pudding war aus der Tüte, von »ETO«, heute »Dr. Oetker Professional«. Milch erhitzen, die passende

Menge des gelösten Pulvers einrühren, fertig. Besser, vor allen Dingen, mit weniger Aufwand konnte man ihn kaum herstellen. Mit dem Sahnesiphon durfte ich den fertigen Desserts das i-Tüpfelchen verpassen.

Schlag zwölf gingen die ersten Tagessuppen raus und die ersten Pils marschierten durch die Küche in Richtung Metzgerei. Nachdem das Geschäft geschlossen war, folgte auch das eine oder andere Gedeck.

Die Fleischer tranken sich wohl Mut an, denn kurz darauf fuhr ein 200er Diesel mit Viehanhänger auf den Hof, auf dem ein stattlicher Bulle transportiert wurde. Der Kamerad war für Montag zur Schlachtung vorgesehen und sollte sich wohl vorher noch ein wenig »akklimatisieren«. Er war an einem Nasenring mit Kette im Viehtransporter fixiert und machte eigentlich einen ruhigen Eindruck. Die beiden Metzger mussten nun zusammen mit den zwei »Buren« ran und das Rindvieh in den Stall bugsieren.

Es war unverkennbar ein Bulle, mit einem riesigen Glockenwerk.

Jean geriet ins Schwärmen und erzählte von gebackenen Stierhoden (Prärie-Austern) mit Sc. Remoulade, was er uns nächste Woche zeigen wollte. Mir wurde schon ganz anders.

Den Bullenpenis wollte er sich auch präparieren, als Ochsenziemer, zum Schweine treiben und als Schlagwaffe zur Selbstverteidigung.

Ein wenig verrückt war er ja schon, unter anderem spielte er mit dem Gedanken, der Fremdenlegion beizutreten.

Die Renner des Mittagsgeschäftes waren allesamt aus der oberen Hälfte der Tageskarte, also die preiswertesten Gerichte. Weit vorne deutsches Beefsteak »al a Meyer« mit einer Garnitur von Spiegelei und Röstzwiebeln.

Durchgedreht

Hackfleisch lässt sich in einer Vielzahl von Variationen präsentieren. Die Qualität hängt vorrangig von der eingesetzten Rohware und Frische ab.

Es fängt an mit der Mischung der Farce: Kalb-, Rind-, Lamm- oder auch Geflügelfleisch, meist roh aber auch gegart, in den unterschiedlichsten Verhältnissen gemischt sind möglich. Meist wird zur Lockerung der Masse in Milch oder Wasser eingeweichtes Weißbrot verwendet und zur Bindung Ei zugesetzt. Auch ein zusätzlicher Schuss Sahne ist bei gut bindender Farce möglich.

Das Brät kann mit diversen Zutaten und Gewürzen und über die Formgebung, rund, oval, rechteckig, groß, oder klein variiert werden.

Hacksteak, deutsches Beefsteak, Steak Allemande, hausgemachte Frikadelle, Boulette, Brisolette, Fleischpflanzerl, Faschierte Laibchen, Fleischküchle Crepinettes, Bifteki, Köf-

te, Huller, Hacktäschli und Klops sind wohl die geläufigsten Bezeichnungen. Unter dem Namen Brisolette als Kalbshacksteak in Rahmsauce oder als Steak Tatar, aus 100 % magerem Rindfleisch, kurz von einer Seite angebraten, geben die Varianten besonders viel her.

Ein Standard Rezept:

500 g Hackfleisch, 50 % Rind, 50 % Schwein
1 eingeweichtes Brötchen, gut ausgedrückt
2 Eier
1 Zwiebel, gewürfelt und angeschwitzt
1 TL gehackte Kapern
1 fein gehackte Sardelle
2 TL Senf
Mit Pfeffer, Salz und ein wenig Majoran, Thymian, ggf. Ingwer oder Chili abschmecken. Alles muss gut gemischt werden, bis eine homogene Masse entstanden ist, die sich leicht vom Schüsselrand löst.
Zu guter Letzt macht die Garnitur den Namen:
»a la Meyer«, mit Spiegelei obenauf, »a la Robert« (Gurken-Zwiebelsauce mit Senf)
Jäger-Art, Zigeuner-Art, In Paprika-Rahmsc., in Champignonrahm, in Madeira-Sc., »Rossini-Art«, mit Geflügelleber und Champignons., mit Röstzwiebeln, Tiroler-Art, mit Röstzwiebel und Tomaten
Tessiner-Art, mit Emmentaler und Tomaten, und ......und .....

Aufgrund des guten Wetters entschieden wir uns in der Mittagspause für einen Rundgang durch das Dorf. In Marienbaum war wirklich der Hund lebendig begraben. Das Dorf war bestimmt von der Wallfahrtskirche und dem drum herum. Selbst die Kneipen im Dorf waren kreuzförmig gelegen. Eine links gen Kalkar, eine rechts gen Xanten das Hotel Deckers als zentraler Kreuzungspunkt und die unterste Kneipe auf der Uedemer Straße. Bis auf die Bundesstraße, auf der auch sonnabends gut Verkehr war, waren die Straßen förmlich leergefegt. Der Zugverkehr war am Wochenende auch eingeschränkt, sonst hätte man am Bahnhof noch gucken können, wer da so ein- und aussteigt. In diesem Dorf musste es doch auch Mädels geben, wo sind die bloß?
Ein Blick auf das Fernsehprogramm des Nachmittags klärt es auf:

14:45 Hand aufs Herz
       Fragen zur Person und ihrer Sache
       Lovis H. Lorenz spricht mit namhaften Persönlichkeiten unserer Zeit
15:15 Samstagnachmittag **zu Hause**

Wir hatten ja noch nicht einmal ein Fernsehgerät auf unserer bescheidenen Kammer, es ging aber auch ohne. Am Ende blieb noch ein wenig Tischtennis, gegen die Langeweile, bis zum Abendgeschäft.

Wieder in der Küche durften wir Zwiebeln schälen, nahezu 1 Eimer und einen Teil in Julienne schneiden. Ein anderer Teil musste für das »mise en place« gewürfelt werden. Thilo zeigte, wie es ging. Wir übten erst einmal in reduzierter Geschwindigkeit, unsere Finger brauchten wir ja noch.

Die ersten großen Töpfe, mit den Ansätzen für das Sonntagsgeschäft kamen auf den Herd. Alles, das was morgens, innerhalb der ersten zwei Stunden, nicht gar werden würde, wurde bereits am Sonnabend angesetzt.

Da waren Ochsenbrüste und Ochsenzungen, ein Topf voller Suppenhühner, ein etwas kleinerer Topf mit Kalbfleisch für Ragout fin und ein neuer Ansatz mit Rinderknochen für Brühe. In den Bratröhren tummelten sich schon Rinderbraten, Kassler Rippenspeer und Schweinenacken. Der Rinderbraten bekam in regelmäßigen Abständen eine Dusche mit dem algerischen Rotwein. Jean nahm hin und wieder auch einen Schluck.

Das war aber erst der erste Schwung. Im Kühlhaus lag noch eine gefüllte Kalbsbrust, sowie geschnittenes Kalbfleisch für Kalbsragout und bestimmt 10 kg Rindergulasch. Zwanzig Broiler sollten am Sonntag auch noch in die Röhre wandern.

Hähnchen mit Pommes war so ein auslaufender Boom der frühen sechziger Jahre. 1966 war schon das Ende der Blütezeit der Restaurantkette Wiener Wald.

Pommes-Buden waren überall wie Pilze aus dem Boden geschossen, natürlich mit Hähnchen-Grill. Die Vögel kamen als TK-Ware für den Endverbraucher vorwiegend aus USA, Frankreich und Holland. Hühner-Harry lieferte ja nicht an Haushalte. Man musste sich schon auf den Wochenmarkt begeben, um an die ausgesuchte frische Ware zu kommen. Die Flattermänner haben die besonders ausgeprägte Eigenschaft, uns mitzuteilen, wie sie gefüttert wurden, so schmeckten einige »Fabrikate« auch deutlich nach Fisch. Die Ware von Harrys Geflügelhof war aber beste Sorte.

Mit den 20 Adlern, die wir am nächsten Tag schoben, konnten wir 40 hungrige Gäste, zu einem günstigen Kurs, in kürzester Zeit glücklich machen. Der Preis für 1 kg der Vögel lag bei ca. 4DM, der für Schweineschulter bei 6-7DM/kg.[12]

Nachdem die Töpfe mit den Ochsenbrüsten, Hühnern und dem Kalbfleisch in Wallung gekommen waren, musste ich den Schaum, der sich an der Oberfläche bildete mit einem Schaumlöffel entfernen. Anschließend wurde ordentlich gesalzen und Würzgemüse, »Bouquet garni« dazugegeben. Die halbierten Zwiebeln hierfür wurden zuvor auf der Ofenplatte angeröstet.

Die Bestellungen am Samstagabend waren durchweg höherwertiger als an den anderen Werktagen. Neben Jägerschnitzel und Wiener Schnitzel waren hauptsächlich Rumpsteak, Filetsteak, Tournedos und Chateaubriand gefragt. Das Kalbssteak »au four« war auch beliebt, es war mit Ragout fin und Sc. Hollandaise gratiniert. Die Hollandaise war universell einsetzbar und wurde geschickt in andere Saucen abgewandelt. Mit etwas Estragon und Kerbel versehen mutierte sie zu einer »Sc. Bearnaise«, mit einem Schuss Ketchup zu einer »Sc. Choron«. Mit Knoblauch, Kräutern und ein wenig Cognac versehen hätte man sie theoretisch auch als Sc. »Café de Paris« an den Mann bringen können.

Von den weiblichen Gästen wurde gerne »Königinpastetchen« bestellt, bestimmt weil sie sich dann so fühlten. Dabei war es kein Gericht für Königinnen, sondern hatte den Namen wegen des kleinen Krönchens obenauf, dem Fleuron. Wenn so eine Bestellung reinkam, musste ich eine Portion des fertigen Ragouts aus dem Kühlraum holen und in einer Sauteuse erhitzen. Desgleichen bei Ragout-fin Bestellungen und für das Kalbssteak »au four«.

»Ich hab da schon mal was vorbereitet«, war später mal ein gerne zitierter Ausspruch von Max Inzinger.

Ohne gute Vorbereitung geht es aber auch nicht. Neben einem guten »Mise en place«, braucht man einen gewissen Anteil vorgefertigter Gerichte, um eine große Anzahl Gäste zufriedenstellend bedienen zu können. Es geht natürlich auch mit mehr Personal, einer größeren Küchenbrigade.

Entsprechend ging es nach rechtzeitigem Abklingen des Abendgeschäftes, Samstag war ja Badetag, weiter mit den Vorbereitungen für den nächsten Tag. Das Kalbfleisch für das Ragout-fin wurde in eine rechteckige Schinkenpresse verteilt und mit großem Krafteinsatz komprimiert. So konnte es nach dem Auskühlen gut auf der Aufschnitt-Maschine in große Scheiben vorgeschnitten werden und man bekam am Ende schöne gleichmäßige Würfel für das Ragout. Der Kalbsfond wurde zurückgestellt für die Herstellung der Kalbsvelouté, einer weißen, mit Eigelb und Sahne legierten Grundsauce. Auch die anderen Sachen hatten ihren Garpunkt bald erreicht und wurden in bereitgestellte Behälter ausgestochen.

Die Ochsenzungen wurden gepellt, solange sie heiß waren. Zwischendurch musste ich meine Finger in kaltem Wasser kühlen, sonst wären sie auch noch durchgegart. Jean dachte laut darüber nach, wo die Rinder mit ihrer Zunge wohl so überall geleckt haben. »Gut, dass die Haut abgezogen wird«, dachte ich.

In den großen rechteckigen Brätern, in denen die Bratenstücke gegart worden waren, befanden sich jetzt noch die gebräunten Knochen und Würzgemüse, die noch mit Tomatenmark abgeröstet und mit Brühe aufgegossen wurden. Ganz zuletzt gab es ein wenig Bindung mit gelöster Speisestärke. Was nach dem Passieren der Saucen übrig blieb, kam dann wieder in einen großen Topf, zum neuen Grand Jus Ansatz.

Fips entwickelte sich derweil zum Pommes-Experten. Er hatte im Laufe des Abends mindestens drei Eimer Kartoffeln in Stäbchen »geschnitzt« und blanchiert.

Karla war auch fleißig und kümmerte sich um das Dessert für den nächsten Tag, eine Karamellcreme. Zucker wurde karamellisiert, mit Milch aufgegossen und mit Vanille-Puddingpulver vom Apotheker aus Bielefeld gebunden. Zu guter Letzt wurde noch Eischnee unter die heiße Masse gezogen. Weit über 100 Dessertschalen wurden mit der erlesenen Creme gefüllt. So gerüstet für den Sonntag konnten wir in den Feierabend gehen.

Einen Wecker brauchte man sich nicht zu stellen. Es wurden ja des Öfteren die Glocken der Wallfahrtskirche in Gang gesetzt.

Kurz bevor wir unser Zimmer verließen, sahen wir schon die Ersten zur Kirche strömen. Gegen 9:30 Uhr wurden die ersten Töpfe und Bräter auf und in dem Herd platziert, anschließend gefrühstückt. Sonntags gab es keine Brötchen aber ein sehr gutes Weißbrot, aus der lokalen Bäckerei, von denen es zwei im Dorf gab. Die Aufträge an die Bäcker waren diplomatisch verteilt. Der Eine lieferte Brötchen und Pasteten, der Andere Brot.

Am Saucier-Posten stand heute eine Menge Arbeit an. Ich durfte Jean assistieren.

Ein guter Koch ist ja nicht nur Feinschmecker und Sommelier, sondern auch so eine Art »Fond Manager«. So galt es, die Fonds und Brühen für den heutigen Bedarf aufzuteilen. Karla wurden die Brühe von den Ochsenbrüsten und der Rest der Hühnerbrühe für die Tagessuppe zugeteilt, nachdem die benötigten Mengen für die Saucen beiseite gestellt waren.

Die Tageskarte war bereits von Frau G. fertig getippt und vervielfältigt. Kopiergeräte gab es damals noch nicht. Die Speisekarte musste auf eine Matrize getippt und anschließend auf die Papiere abgezogen werden. Das roch ganz schön »sprittig«. Chefin rauchte trotzdem bei dieser Arbeit, am liebsten mit einem Asbach dazu, wegen der trockenen Luft.

Das Kalbsfrikassee köchelte schon und musste mit einer Spickzwiebel und dem bewährten Bouquet garni versehen werden. Das Gulasch hatte Jean in die rechte Bratröhre verfrachtet. Ungefähr die gleiche Menge, in Scheiben geschnittene Zwiebeln musste auch noch dazu.

Dann ging es an die Saucen. Für die Meerrettichsauce wurde altes Weißbrot in Milch eingeweicht, mit Brühe aufgekocht und, nachdem eine ausreichende Bindung gegeben war, mit Eigelb und Sahne legiert. Am Ende kam der geriebene Meerrettich dazu.

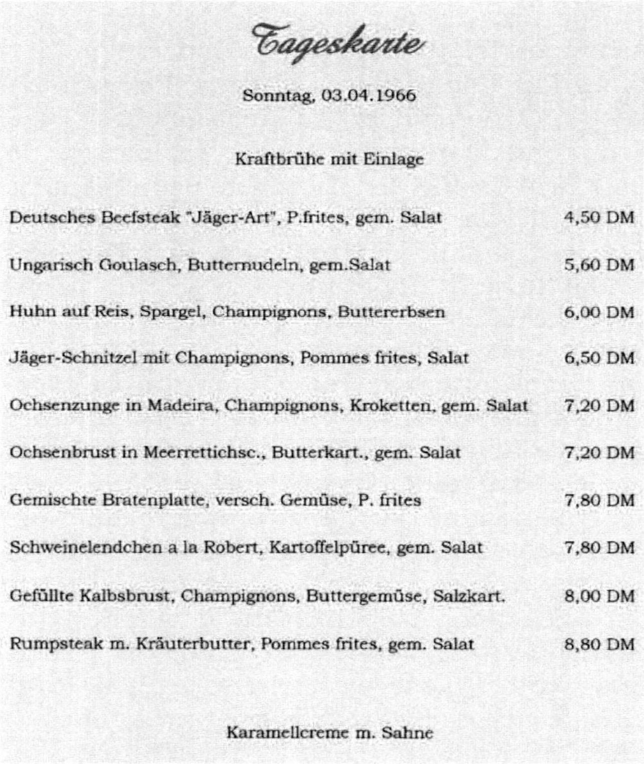

Sonntag, 03.04.1966

Kraftbrühe mit Einlage

Deutsches Beefsteak "Jäger-Art", P.frites, gem. Salat	4,50 DM
Ungarisch Goulasch, Butternudeln, gem.Salat	5,60 DM
Huhn auf Reis, Spargel, Champignons, Buttererbsen	6,00 DM
Jäger-Schnitzel mit Champignons, Pommes frites, Salat	6,50 DM
Ochsenzunge in Madeira, Champignons, Kroketten, gem. Salat	7,20 DM
Ochsenbrust in Meerrettichsc., Butterkart., gem. Salat	7,20 DM
Gemischte Bratenplatte, versch. Gemüse, P. frites	7,80 DM
Schweinelendchen a la Robert, Kartoffelpüree, gem. Salat	7,80 DM
Gefüllte Kalbsbrust, Champignons, Buttergemüse, Salzkart.	8,00 DM
Rumpsteak m. Kräuterbutter, Pommes frites, gem. Salat	8,80 DM

Karamellcreme m. Sahne

Abb.9: Tageskarte

Von der Kalbsveloute wurde gleich ein grö-
ßerer Ansatz hergestellt, da ja auch noch
Ragout-fin für das Abendgeschäft gemacht
werden musste.

Eine Mehlschwitze wurde mit heißem Kalbsfond aufgegossen, etwas durchgeköchelt

und wie die Meerrettichsauce mit einer Liaison (Eigelb mit Sahne) legiert.

Die Geflügelveloute für das Huhn auf Reis funktionierte genau so, nur eben mit Geflügelfond. Die braunen Saucen waren ja schon fertig, bis auf die Madeira-Sc., die » à la minute« mit einem Schuss der algerischen Offenbarung und etwas Sherry hergestellt wurde.

Jean fing schon an das gebratene Fleisch zu portionieren und in sogenannte Heißhalter zu schichten, die anschließend mit Brühe oder Grand Jus aufgegossen wurden.

Meine Wenigkeit wurde abgeordnet, die Getränkevorräte im Service aufzufrischen. Hierzu musste ich durch die Falltür am Buffet, an dem die Getränke für den Service bereitgestellt werden, in die Unterwelt abtauchen. Die Falltür öffnete den Zugang in das Gewölbe unter dem Hotel.

Ich kam kurz vor dem Kühlhaus an und brachte erst einmal Leergut, Limo-, Wasser-, Cola-Kisten nach unten. Auf dem Rückweg wurden volle Kisten aus der Kühlung hochgeastet. Anschließend mussten die Flaschen noch in den Kühltresen geräumt werden. »Weshalb machen die ihren Scheiß nicht selbst? «, fragte ich mich. Andererseits hatte man mir tiefere Einblicke in den Service vermittelt, bis runter in das Kellergewölbe.

Die Ausflüge in das Kellergewölbe sollten mir in naher Zukunft auch noch eine längere Verschnaufpause verschaffen. Das Anstechen von neuen Bierfässern wurde nämlich auch gerne auf die Lehrlinge abgewälzt. Beim Heranrollen und Aufstellen eines Fasses kippte mir dann das Fass gegen ein anderes. Leider war mein linker Ringfinger noch dazwischen. Gebrochen, 3 Wochen Pause.

So langsam trudelten auch die ersten Kirchgänger ein, die Messe war wohl gelesen. Es wurde lauter im Restaurant und im Nu füllte sich der Stammtisch. Der Zapfhahn glühte bald, wahrscheinlich hatten die erlauchten Herrschaften, alle, die im Dorf Rang und Namen hatten, einen Brand vom Messwein. Chef Eitel gehörte ebenfalls zu den Stammtischlern und fand sich nicht viel später in der Runde ein.

Bei geöffneter Durchreiche konnten wir das Palaver am Stammtisch hier und da beobachten. Frau G. fungierte als Buffetkraft und zapfte fleißig die Biere. Gegen 12 war der Spuk vorbei. Auf viele der Stammtischbrüder wartete zu Hause die Angetraute samt der hungrigen Kinderschar mit dem Mittagessen. Auf Eitel wartete die Arbeit am Fleischposten. Kinder hatten Eitel und Frau G. auch nicht. Jean erzählte Mal, dass Eitel nur ein Ei hat und dass es deswegen nicht klappt.

Mit frisch umgebundener Schürze stand er bestimmt erst einmal 5 min. in der Metzgereitür zur Küche und wetzte sein Messer.

Nach dem Annoncieren eines Steaks, Schweinelendchens oder Schnitzels schnitt er das entsprechende Teil zurecht und stellte es für Jean bereit. Zwischendurch grabbelte er auch noch an Jeans Posten herum und nörgelte hier und da. Jean verzog schon leicht das Gesicht.

Eitel war ein Fan von gestreckten Saucen, die immer ein wenig länger sein mussten, als der Standard. War eine Jus mal konzentrierter, ging es direkt los: »Wer soll das bezahlen?« Oder »das reicht ja gerade mal bis 13 Uhr!« und zu guter Letzt »Ihr treibt mich in Ruin, Rendite gleich null ...!«. Durch sein Zweithobby, die Schweinezucht, hatte er auch die Abfälle gut im Blick und sah sofort, wenn da mal etwas anderes außer den Essensresten war. Jetzt aber war Einsatz angesagt.

Lendchen, Schnitzel, Rumpsteaks bis zum Abwinken. Die vorgegarten Teile, wie Ochsenzunge Brust oder Huhn nahm Jean aus den Heißhaltern, platzierte sie auf einer Platte, Sauce drüber, fertig. Zwischendurch drückte er mit seinem Mittelfinger immer wieder mal auf den Steaks in den Pfannen herum, um den richtigen Garpunkt nicht zu verpassen.

Ich jagte mit einer Platte Ochsenbrust an den Pass und bekam einen gehörigen Schrecken, als ich ins Restaurant blickte. Da saß mein gefürchteter, ehemaliger Lehrer und Schulrektor »Ollmann« mit seiner Familie.

Der steuerte sonntags immer standardmäßig Kirchen, Wallfahrtsstätten und ähnliche Lokalitäten an. Vermutlich hatte er permanent ein schlechtes Gewissen. Er war schon überall vom Altenberger Dom bis Lourdes. Den Schülern hielt er gerne Vorträge über den heiligen Sankt Dingenskirchen & Co. Er spielte auch jeden Morgen auf seiner Orgel. Es wurde gebetet und gesungen. So war meist die erste Stunde rum, bevor er was Sinnvolles vermitteln konnte. Gut, dass er mich (vermutlich) nicht oder nicht ausreichend scharf sah. Er hatte eine Brille mit Gläsern, so dick wie Glasbausteine.

Wir liefen zwei Stunden auf Hochtouren, bis es ein wenig ruhiger wurde. Dank der guten Vorbereitungen konnten fast alle Bestellungen zügig geschickt werden. Als Erstes war die Ochsenbrust ausverkauft. Es gab auch mal Sonntage, wo das nicht so war, dann wurde sie nach 2 Tagen in Würfel geschnitten, mit der Meerrettichsauce gemischt und als Ochsenbrustragout angepriesen. So war mal wieder etwas anderes auf der Karte. Das andere Highlight war die gefüllte Kalbsbrust, die heute mit einer Champignon-Paprika-Farce daher kam. Als Kalbsnierenbraten wurde so ein Stück an anderen Tagen auch gerne bestellt.

Die vorbereiteten Desserts reichten auch nicht. Dafür gab es dann eine Kugel Eis mit

Sahne. Das Eis lieferte damals schon Langnese in 5 l Behältern, die Gefriertruhe für die Kühlung auch direkt dazu.

Karla übernahm den Nachmittagsdienst, der im Übrigen sehr beliebt war, konnte man doch wie andere normale Menschen seine Freizeit mal am Abend genießen. Wenn es schlecht für einen lief, konnte es aber auch bedeuten, dass man um 18:00 Uhr nicht wegkam und so lange helfen musste, bis alle hungrigen Gäste abgefüttert waren.

Für das Kaffeegeschäft hatte Karla drei Biskuitböden mit Obst belegt und die Bereitstellung für die kalte Küche gemacht. Die ersten kalten »Feinschmeckerplatten« und kalten Koteletts mit Kartoffelsalat gingen meist schon am frühen Nachmittag über den Pass. Zur Mittagspause war ich platt und wollte nur meine Füße hochlegen. Am Abend sollte es ja auch noch mal hoch hergehen.

Am Ende des Tages hatten wir über 200 Gerichte an den Mann gebracht. Für Ostersonntag und Pfingstsonntag wurde noch mehr erwartet.

Neben dem à la carte Geschäft gab es oft auch noch diverse Gesellschaftsessen, die üblicherweise über einheitliche komplette Menüs oder in Buffetform abgewickelt wurden. Meist fanden diese Events auch noch am Wochenende statt. Auf der Beliebtheitsskala ganz vorne standen die Kraftbrühe als Vorspeise und die gemischte Bratenplatte als Hauptgang. Dazu natürlich die obligatorische Gemüseplatte, Kroketten, und Pommes frites. Salzkartoffeln durften nie fehlen, sonst wurden einige Gäste nicht satt. Den Abschluss bildete meist ein Fürst Pückler Parfait, das in Eisbombengestalt daher kam.

Dieses Menü kann man getrost als zeitlosen Klassiker bezeichnen. Es ließ sich, auch für größere Personenzahlen, gut vorbereiten und konnte innerhalb der normalen Arbeitszeit bereitgestellt werden.
Anders war es da schon mit kalten Buffets, die Vorbereitungen, oft bis weit nach Mitternacht und Fertigstellung in der Mittagspause erforderten. Zwölf Stunden Tage kamen da mal ganz schnell zusammen.
Das Gleiche galt für große Beerdigungen oder Sekt Frühstücke, die einem die Nacht auf unangenehme Art verkürzten.

Mit Schaudern erinnere ich mich an große Beerdigungen, mit über hundert Personen, die den kompletten »Drei Könige Saal« füllten, zunächst mit Frühstück versorgt wurden und anschließend auch noch das Mittagsgeschäft mit diversen Bestellungen sprengten.

Fleischbeschau

Abb.10: Schwein gehabt[13]

Montag, war standardmäßig der Schlachttag. Als wir die Treppe zum Personalraum herunterkamen, hörten wir die Schweine laut quieken. Beim Frühstück konnte ich das Geschehen auf dem Hof, von meinem Logenplatz, gut beobachten. Der Zwinger neben dem Schlachthaus war schon gut gefüllt und ein Trecker mit Viehanhänger stand auf dem Hof, aus dem Martin und Heinz gerade die Schweine umsiedelten. Martin zog an den Ohren und Heinz schob das Schwein an den Hinterläufen wie eine Schubkarre vor sich her. Gustav war auch vor Ort.

Er hatte wie die anderen ein Ganzkörperkondom, eine lange Gummischürze und

Gummistiefel angezogen. Es ging bestimmt bald los, das Gemetzel.

Nach dem Frühstück musste ich »der Chefin ihr Brötchen« machen. Die schlief heute länger, da das Fleischergeschäft montags nicht öffnete. Aus dem Brötchen musste die Krume gepuhlt werden. Eine Hälfte wurde mit Velveta, die andere mit Dorahm Schmelzkäse bestrichen, nicht beschmiert. Die Futterage, samt Kännchen Kaffee und O-Saft sowie der »Rheinischen Post« brachte ich nach oben in ihr Gemach. Zum Anklopfen war ich genötigt, das Tablett auf dem Fußboden abzustellen. Frau G. öffnete mir die Tür in einem rosafarbenen Negligee und zeigte mir, wo ich das Frühstück abstellen sollte. Es gab auch nur einen Tisch in dem wirklich großen Zimmer. Doppelbett, Schrank, eine überdimensionierte Frisierkommode mit großem Spiegel, auf der zwei Perückenköpfe standen und eben dieser Tisch mit Stühlen. Besonders aufgeräumt sah es auch nicht aus.

Eitel sah ich nicht, augenscheinlich hatte das Zimmer schon verlassen oder saß auf dem Klo.

Die Situation war mir ein wenig unangenehm, weil sie so knapp bekleidet war, anderseits war sie ja nicht entblößt und war auch nicht besonders aufreizend, um mich erröten zu lassen. Trotzdem, schnell weg hier, dachte ich als ich die Chefsuite, den »Master bedroom« verließ.

In der Küche hatte Jean damit begonnen, das Kühlhaus auszuräumen. Die älteren Bratenstücke und Schweinshaxen sollten zu einem Würzragout, einem Montagsklassiker veredelt werden. Einige Bleche, die nur noch mit einem oder zwei Teilen belegt waren, packte er zusammen und die Stücke für das Würzragout separat in eine Schüssel. Einige Fonds und andere Reste entsorgte er im Schweinefutter, andere in der Grand Jus. Nachdem Martha das Kühlhaus gefeudelt hatte, sah es wieder aus wie geleckt.

Die ausgesuchten Bratenreste und Schweinshaxen wurden in Würfel geschnitten, mit Zwiebeln angebraten und mit Jus aufgegossen. Dann gesellten sich noch Gurken und Paprikastreifen dazu. Manchmal hieß diese Delikatesse auch »Zigeunerragout«.

Ähnliches widerfuhr den Hühnerteilen, die sich zusammen mit Spargel und Champignons in ein Frikassee wandelten.

Kollege Fips hatte eine gewisse Affinität zu den Vorgängen im Schlachthaus und guckte öfter mal um die Ecke, mit dem Ergebnis, dass er schon mal mit einem Schweineauge beworfen wurde. Mittlerweile waren die ersten Schweine schon erlegt. Die ersten Hälften hingen aufgereiht, bereit zur Fleisch- und Trichinenschau durch den Veterinär. Der alte Gustav schob eine Schubkarre nach der anderen, voll mit Gedärm, zum Konfiskat und die Schweine wanderten fast wie am Fließband in Richtung Brühwanne, in der sie gebrüht und gekratzt wurden. Zwanzig Schweine sollten heute in die ewigen Jagdgründe eingehen, denn Ostern stand ja vor der Tür. Das Ende der Fastenzeit ist ja Grund genug sich mal eine Extra-Portion Fleisch zu gönnen.

Chef Eitel brachte persönlich die »Herrengedecke«, Bier und Korn an den Ort des Geschehens, legte aber ansonsten keine Hand an. Argwöhnisch beäugte er die Schweinehorde im Zwinger. Er machte einen unruhigen Eindruck, wohl wegen der damals grassierenden Maul-und Klauenseuche.

Auch Jean begab sich hin und wieder nach hinten, wahrscheinlich, damit die edlen Teile des Bullen nicht abhandenkommen.

Thilo hatte seinen freien Tag, weswegen Fips und ich den Beilagen-Posten machen mussten, so gut wir konnten. Mit Ansage, was gebraucht wurde, ging das auch.

Jean half uns bei den Garpunkten von Reis Nudeln und Kartoffeln. So genau kam es ohnehin nicht drauf an, standen die Beilagen doch noch über Stunden im Bain Marie. Die Montagskarte beinhaltete auch keine kulinarischen Highlights. Bauernomelette, Bratwurst, das Würzragout, Hühnerfrikassee, der Gulasch vom Vortag, und wie immer das Hacksteak, wurden gut angenommen. Leben in Saus und Braus kann man ja nicht jeden Tag. Die größte Menge von dem Würzragout ging übrigens schon für die

Verköstigung des Personals weg. Manchmal sagte Frau G. schon an, was als Personalessen aufgetischt werden musste. Das Arbeiten an diesem Tag war sehr entspannt. Irgendwie war, ohne diesen ständigen Durchgangsverkehr der Fleischerinnung, viel mehr Ruhe im Geschehen. Das sollte sich nach der Fleischbeschau ändern, wenn Dutzende der Schweinehälften in das vordere Kühlhaus gebuckelt wurden.

Als wir unsere Mittagspause antraten, war der Vorzeige-Bulle schon mit verbundenen Augen vor dem Schlachthaus angekettet. Die Schlachtung wollte ich mir nicht mit anschauen, obwohl ich später auch zwangsläufig damit konfrontiert wurde. Jean blieb vor Ort, um das Objekt seiner Begierde sicherzustellen.

Die Zeit in der Pause wurde mit Radio hören und Lektüre aus Thilos Hefte Sammlung totgeschlagen. »Blutige Fährte« war der Titel des Heftes. Thilo verschlang Western-Romane förmlich, sie stapelten sich fast zu Hunderten. Der »Wilde Westen« war damals in. Es ging meist um Gerechtigkeit und das liebe Vieh. Schweine kamen keine vor, sondern nur Rinderherden. Es gab da auch keinen Kartoffeldämpfer oder Mastfutter sondern nur die Weiten der Prärie. Der Ranger war so was wie Chef Eitel, jedoch trank er Brandy und kein Bier und hatte keinen 230er SL. Die Weidegründe wurden mit dem Colt gegen Bösewichte und Indianer vertei-

digt und abends eine Ochsenlende am La-
gerfeuer gegrillt. Der Rest des Rindes blieb
wohl für die Kojoten oder die Geier. Die Prärie-Austern wurden auch nie erwähnt, womöglich aß der Ranger sie heimlich. Auf
jeden Fall waren die Hefte leichte Kost und
besser zu lesen als klassische Literatur.

Unten in der Küche war seit dem späten
Nachmittag reger Verkehr. Der Tierarzt war
mit der Fleischbeschau durch und hatte die
Tierkörper gestempelt. Nun mussten sie in
die Kühlhäuser. Als wir unsere Pause beendet hatten, sah der Hof schon wieder ziemlich aufgeräumt aus. Der Schweinezwinger
war leer und gereinigt, jedoch hing jetzt des
Prachtbullen bestes Stück am Gitter, be-
schwert mit einem 10 kg Gewicht der Vieh-
waage, damit es nicht schrumpft.

Die »Bullenklöten« hatte Jean schon in die
Kühlung gelegt. Schlachtwarm wollte er sie
wohl auch nicht zubereiten. Am Dienstag
wollte er sie noch für 24 h in Salzwasser
legen, damit sie nicht so viel Wasser ziehen
und anschließend blanchieren.

Karla, mit weißem Kopftuch und Schürze,
die ein wenig aussah wie das Mädchen aus
der Maggi-Werbung, machte heute die kalte
Küche und war von dem Geschehen gar
nicht angetan. »Das ist voll ekelig, der
spinnt!«, sagte sie, als sie die Portion Russi-
sche Eier anrichtete.

Brain Storming

Die Verarbeitung des ganzen Tieres wird ja neuerdings von vielen prominenten Köchen postuliert. In der Küche der 60er Jahre war das noch ganz selbstverständlich. Dienstag und Mittwoch war Tag dieser frischen Delikatessen. Die Innereien wurden an den Mann gebracht. Neben Leber, Zunge und Herz auch Nierchen und Bregen (Hirn).

Kalbsleber oder Rinderleber »Berliner-Art« mit gebratenen Apfelringen und Röstzwiebeln ist ja auf vielen Speisekarten fast noch der Standard, wogegen Kalbshirn oder Kalbsbries schon eher etwas exotisch ist. Nach der BSE-Krise im Jahr 2000 ist Kalbs- oder Schweinehirn kaum noch im Einzelhandel zu finden. Der Verkauf und die Verarbeitung von Rinderhirn sogar verboten.

Davon wusste Jean aber noch nicht, als er das gewässerte Hirn abzog, von den oberen Häuten befreite und mit einer Spickzwiebel für ca. 15 min blanchierte. So vorbereitet wurde die Delikatesse entweder gewürfelt und mit gedünsteten Zwiebeln in einem Omelette oder Rührei verarbeitet oder paniert und ausgebacken mit Sc. Remoulade oder Sc. Tatar serviert. Heute stand das

Schmankerl als »Hirn in Rührei« auf der Mittagskarte. Ich war überrascht, wie viele Liebhaber dieser »Delikatesse« es gab. Wir erlebten einen richtigen Ansturm darauf, man könnte auch sagen, ein »Brainstorming«.

Das Kalbsbries oder der Kalbsmilcher (Thymusdrüse des Kalbes) wurde fast identisch zubereitet, fand sich jedoch nie auf der Speisekarte des Hotels, weil die Menge zu gering war und gerade so für einen Koch reichte.

Die leckeren Genitalien, die Stierhoden reihten sich in der Zubereitung hier an. Sie wurden gewässert, von den äußeren Häuten befreit, blanchiert, paniert und in reichlich Fett ausgebacken (frittiert). Die Prärieaustern wollte Jean aber erst abends zubereiten. Die zwei Eier wären ja auch nicht ausreichend für die Speisekarte gewesen.

Das Rinderherz mit ca. 1.5 kg gab da schon mehr her und wurde zurechtgemacht wie ein Gulasch.

Zu guter Letzt lag da noch ein Haufen Schweinenieren, die aufgeschnitten und von den Sehnen, Adern und Harnleitern befreit zu sauren Nieren verarbeitet wurden.

Eine Spezialität habe ich noch nicht erwähnt: Pansen, Gekröse bzw. Kutteln wurden bei uns nicht zubereitet. Hierfür hatte Eitel Festabnehmer unter seinen »Jägerkumpels« mit Hund. Da gab es bestimmt schon mal den einen oder anderen Hasen oder ein Wildschwein unter der Hand. Eine Jägerhand wäscht die andere!

Das Image der verschmähten Innereien scheint sich in letzter Zeit zu bessern. Die ARD berichtete am 23.09.2015:

»Innereien, so glaubt man in Japan, machen stark und schön. Innereien-Fleischer verzeichnen verstärkte Nachfrage. Im Schlachthof wird versichert, alles sei auf BSE getestet und nummeriert. Nachdem Sushi inzwischen selbst in deutschen Kleinstädten zu haben ist, bleibt abzuwarten, wann sich Schweinhirn und Panzen auf unseren Speisekarten wiederfinden.[14] «

Der Selbstversuch von ARD-Korrespondent Robert Hetkämper kommt aber nicht besonders überzeugend rüber, als er sich eine Portion am Stil gegrilltes Schweinehirn, das sogar noch ein wenig blutig ist, reinzieht.

Da dreht sich selbst mir der Magen um.

Nicht übertreiben:

Wegen der potentiell möglichen Belastung mit Schwermetallen, wie Kadmium oder Quecksilber sollte man Innereien nicht zu häufig, maximal einmal pro Woche essen. Aufgrund der Filterfunktion von Niere und Leber sammeln sich die Schadstoffe in diesen Innereien besonders häufig an.

Kalbsleber »Trappenboom«

Rezept für 2 Personen

Zutaten:
400 g Kalbsleber
1 Zwiebel
100 ml Sahne
4 Champignons
1 TL Mehl
1 EL Cognac, Metaxa oder Asbach
1 Salbeiblatt

Die Kalbsleber in Streifen schneiden (ca. 40x10 mm), mit dem Mehl bestäuben und in Öl bei mittlerer Hitze anbraten.

Die Leber aus der Pfanne nehmen, die in feine Würfel geschnittene Zwiebel hinzufügen und etwas glasig werden lassen.

Die in feine Scheiben geschnittenen Champignons und das Salbeiblatt dazugeben und mit dem Cognac ablöschen.

Mit Sahne aufgießen und drei bis fünf Minuten kochen, mit Salz und Pfeffer kräftig abschmecken (die Leber hat auch noch keine Würze).

Am Ende die Leber zu der Sahnesauce geben, nicht mehr kochen!

Ein Salat, Kartoffelpüree oder Reis passen gut dazu.

Four Seasons

Abb. 11: Alphonse Mucha, Vier Jahreszeiten[15]

Mai-Triebe

So gingen langsam die Tage ins Land, mit den arbeitsintensiven Wochenenden und kurzen Verschnaufpausen an den wenigen freien Tagen. Selbst die Berufsschultage bedeuteten Stress, wenn man etwas falsch machte. Es fing mit dem frühen ungewohnten Aufstehen an. Morgens, 05:40 ging der Zug Richtung Moers, den wir erwischen mussten, um pünktlich in Krefeld zu erscheinen.

Wenn Fips und ich dann morgens noch etwas schlaftrunken durch die Küche taperten, die ein wenig mit Notbeleuchtung erhellt wurde, war das Hotel noch wie tot. Der Frühstücksdienst war auch noch nicht an Bord und es gab noch keinen Kaffee. Aus der Getränkekühlung im Service gönnten wir uns dann meist einen O-Saft oder eine Limonade, wenn noch Zeit war, auch eine Scheibe Weißbrot mit Marmelade oder Käse, denn die Fleischerei war noch abgeschlossen. Das Verpflegungspaket für den Tag hatten wir schon am Vortag zusammengestellt. Für jeden 2 kalte Koteletts und einige belegte Brote, sogenannte »Dubbels«.

Wer selber morgens mit der Bahn oder dem Bus unterwegs ist, wird die merkwürdige Atmosphäre kennen. Müde und unausgeschlafene Pendler drückten sich in die Bahnsitze und versuchten noch ein Auge zuzumachen. Wenige andere hatten schon eine Tageszeitung, meist »Bild« in der Mache. Es war verdächtig ruhig, keiner sprach ein Wort, man hörte nur das monotone Rattern der Bahn und war versucht, auch einzunicken. Im Sommer war es kurzweiliger, konnte man doch hier und da etwas Interessantes aus dem Fenster sehen. Im Winter guckte man auf beschlagene Scheiben und ins Dunkle, dann war es fast gruselig.

Es gab auch einige Kunstwerke zu bewundern, die andere Reisende in das Zugmobiliar geritzt hatten. Andere arbeiteten lieber in

Farbe, mit Tinte oder Kugelschreiber. Man sah häufig gespreizte Frauenbeine und Strichmännchen mit riesigem Gemächt. Auch Dichter waren unterwegs, wohl in der gleichen Mission wie die Maler. Hier hätte sich Goethe inspirieren lassen können. Vielleicht wäre sein »Hanswurst« dann fertig geworden?

Periodisch wurde das Rattern der Räder vom Quietschen der Bremsen unterbrochen, wenn der Zug am nächsten Bahnhof hielt. Er hielt fast an jeder Milchkanne, sodass er fast vierzig Minuten bis Moers brauchte, wo wir in Richtung Krefeld umsteigen mussten. Im Winter war das auch eine Strafe, weil es in dem verqualmten Wartezimmer auf dem Bahnsteig unglaublich stank. Es half nur ein wenig, sich selbst auch eine Zigarette anzustecken. Am Ende rochen wir dann auch nicht mehr nach Küche oder Pommes.

Vom Bahnhof in Krefeld-Oppum hatten wir dann noch einmal fünfzehn Minuten Fußweg bis zur Berufsschule. Wir waren nicht die Einzigen, die müde waren. Die Schüler kamen ja hier fast vom ganzen linken Niederrhein, von Krefeld bis Kleve, zusammen. So gab es auch einige, die eine noch längere Anfahrt hatten. Zu spät kommen, war für viele die Normalität. Regelmäßig schlief im Unterricht jemand ein, was auch z. T. mit den abgehandelten Themen zusammenhing, die im ersten Lehrjahr nicht besonders spannend waren. Auch lag es daran, dass im ersten Jahr der Unterricht zusammen mit den Fleischern stattfand und nicht speziell auf Köche zugeschnitten war.

So gab es immer was zu lachen, wenn mal wieder jemand wegnickte und man nicht selbst betroffen war.

Das Vorspiel, der Kampf mit der Müdigkeit und der Sieg der selbigen, war fast noch komischer anzusehen. Schnarcher gab es auch unter den Schläfern, dann war's perfekt.

Abb.12: Parlez-vous français?

Später im zweiten und dritten Lehrjahr sollte es interessanter werden. Dann gab es auch fachspezifischen und praktischen Unterricht.

Die Zubereitungsarten, Nahrungsmittel und Garnituren und das ganze drum herum, auch die Fachbegriffe aus dem Servicebereich mussten wir auch auf Französisch runterbeten können, was richtige Lernarbeit war. Wer hatte sich das nur einfallen lassen? Mir reichte eigentlich schon das Kauderwelsch der Einheimischen in Marienbaum.

Mit am wertvollsten war der praktische Kochunterricht, bei dem wir alles das lernten, was Eitel uns nicht vermitteln konnte, von einer »Sauce Café de Paris« (Rezept am Ende des Kapitels) bis zur »Bayrischen Creme«.

An diesem Tag im Mai waren wir mit dem Unterricht frühzeitig durch, weil eine Lehrkraft kränkelte. Auf dem Rückweg heftete sich Nervensäge Jürgen an unsere Fersen.

Jürgen lernte in Kamp-Lintfort und ging voll und ganz in der aktuellen Musik auf. »Kennt ihr den?«, fragte er dauernd und stimmte schon den nächsten Song an, natürlich mit falschem Text und miserablem Englisch. Wenn er die Hände freihatte, spielte er auch noch Luftgitarre dazu oder trommelte mit seinen Fingern auf irgendwelchen Utensilien herum. Er wäre wohl gerne Gitarrist oder Schlagzeuger gewesen, Sänger natürlich sowieso. Am Bahnhof in Oppum wurden wir aufgrund seiner ungewöhnlichen »Performance« von den wartenden Reisenden beäugt, wie das siebte Weltwunder.

Im Zug zurück machten Fips und ich erst einmal Mittag, öffneten unsere Proviantpakete und drückten uns die Koteletts rein. Um den Rede- und Gesangsfluss von Jürgen einzudämmen, opferte ich eines meiner belegten Brote, was uns ein wenig Ruhe verschaffte. Es gab keine Abfallbehälter in dem Zugabteil, nur einen vollen Aschenbecher, der schon einigen Unrat beherbergte. Kurz vor dem Moerser Bahnhof flogen dann die Kotelett-Knochen im hohen Bogen aus dem Fenster des fahrenden Zuges.

So gesättigt traten wir, ohne Jürgen, von Moers aus die weitere Fahrt Richtung Marienbaum an. Dieses Mal fuhr ein Schienenbus (roter Brummer), den wir auch »Nierenschaukel« nannten. Der Zug machte seinem Namen alle Ehre, schaukelte es doch gewaltig, besonders an den Weichen. Fips stieg in Rheinberg aus, da er am nächsten Tag freihatte. Ich sollte jedoch schon bald neue Gesellschaft bekommen.

Herein kam eine blonde Versuchung in einem sehr knappen lilafarbenen Minirock, gleich einem breiten Gürtel und einem gewaltigen Dekolleté, die sich genau gegenüber von mir in Szene setzte. Die Schmoll-Lippen und Augen waren auffällig geschminkt. Sie roch auch ausgesprochen gut. Irgendwie war es eine sexuell anregende

Erscheinung, was sich auch bald bei mir bemerkbar machte.

Mensch war das peinlich, ich bekam sogar leichtes Herzklopfen.

»Lieber Gott, lass sie bitte noch vor Marienbaum aussteigen«, dachte ich. Es war das erste Mal seit langer Zeit, dass ich ein »Stoßgebet« gen Himmel schickte.

Die Situation eskalierte fast, als der Zugführer am Rad bzw. an seinem Fahrschalter drehte und den Schienenbus beschleunigte. Neben dem unglaublichen Lärm geriet das ganze Gefährt in starke Vibrationen. Die Tussi hörte auf in ihrem Roman zu lesen und schaute hoch, ihre Brüste zitterten.

Ich fragte mich, ob sie wirklich von A nach B musste oder nur so, aus »Spaß an der Freud« unterwegs war. Es gibt ja auch viele Eisenbahnverrückte, die bei so einer Fahrt, tiefste Befriedigung erfahren.

Mein Stoßgebet schien geholfen zu haben. Egal, wer da oben residiert, er hatte mich erhört. In Xanten verließ die blonde Unbekannte endlich den Zug. Ich konnte langsam entspannen. Am Bahnhof Marienbaum war ich dann in der Lage ohne Körperverrenkungen normal auszusteigen.

Am Ende des Tages wusste ich, weshalb man den Schienenbus manchmal auch »Triebwagen« nannte.

Das Hotel betrat ich unauffällig durch den Nebeneingang, am Saal, vorbei an den Gästetoiletten und dann die weitläufige Granittreppe hoch in unsere Gemächer. Bei der Gelegenheit drückte ich noch den Münzrückgabeknopf an dem Zigarettenautomaten, der neben den Toiletten hing.

Es schepperte ein wenig und ein zwei Mark Stück kullerte in die Rückgabeklappe. Wieder Glück gehabt! Dieser Automat schien wohl einen leichten defekt zu haben, da es nicht das erste Mal war, dass er mein dürftiges Taschengeld aufbesserte.

Es war gerade 14:00 Uhr und die Kollegen waren noch voll in der Küche zugange.

Es gab zwei neue Kollegen, Wolfgang, einen Nachzügler, im gleichen Lehrjahr wie Fips und ich und einen neuen Koch-Comis, als Ersatz für Jean, der in das Parkhotel in Düsseldorf gewechselt war. Lothar war auch ein ehemaliger Lehrling des Hotels, der nach der Lehre in Sankt Peter Ording gearbeitet hatte, und glaubte die Welt zu kennen. Er war ein Streber und Langweiler, man fand kaum Kontakt zu ihm. Die Mittagspausen verbrachte er regelmäßig Zuhause in Xanten und auch abends setzte er sich pünktlich um 22:00 Uhr in seinen Käfer und brauste davon.

Sauce Café de Paris

Die beste aller Buttermischungen

Die Brise des Nordens
Der Mistral des Südens
Das Bouquet der Champagne
Die Kräuter der Provence
Dies und viel mehr, über 50 Kräuter und
Gewürze vereinen sich im einzigartigen
Geschmack der Sauce Café de Paris

So vollmundig haben wir später in einem anderen Restaurant das Rumpsteak »Café de Paris« beworben. Die Sache mit den 50 Kräutern ist ein wenig übertrieben. Wenn man jedoch eine Prise Curry zugibt, sind das schon 20 Zutaten oder mehr.

Zutaten:
250 g weiche Butter, 2 TL gehackter Spinat, 5 El frische und sehr fein gehackte Kräuter (Thymian, Estragon, Liebstöckel, Basilikum, Oregano, Schnittlauch, Zitronenmelisse, Rosmarin), 3 Sardellenfilets feingehackt, 1 Tl Kapern, feingehackt, 5 Knoblauchzehen, gehackt 1 Tl Dijonsenf, 1 Tl Tomatenmark, 1 Prise Fleur de sel, Cayennepfeffer, weißer Pfeffer, Paprikapulver, Kreuzkümmelpulver, Muskatblüte, 1 Tl Curry, 3 EL Kalbsjus, einige Spritzer Zitronensaft, Abrieb einer halben

Zitrone, 2 El Cognac, 1 Spritzer Worcestershi-re -Sauce, Pfeffermühle schwarz, 1 mittelgro-ße Zwiebel in Würfeln (angedünstet).

Zubereitung:

Butter bei Raumtemperatur schaumig rühren und die Zutaten nacheinander einarbeiten. Zur weiteren Verarbeitung kaltstellen.
Nach dem Braten der Steaks, Koteletts oder was auch immer, das Fett abgießen, die Kräuterbutter in der Pfanne aufschäumen und über das Fleisch nappieren (überziehen).

Für ein ordentliches Ergebnis empfehle ich, mindestens die doppelte Menge, also 500 g Butter anzusetzen. Dann lässt sich die Butter auch gescheit schaumig rühren. Was man nicht innerhalb von 2 Wochen verbraucht, lässt sich gut einfrieren.

Das Aroma der Café de Paris wird haupt-sächlich durch den Knoblauch, den Cognac, die Sardellen und die Kräuter der Provence getragen. Fehlt eine sonstige andere Zutat, ist das nicht so tragisch. Es gibt ja mittler-weile auch Hunderte von Abwandlungen dieses Klassikers.

Stangenware

Wenn ich richtig überlege, gab es mehr als vier saisonale Höhepunkte im Jahr. Jedenfalls fing es mit dem Spargel im Frühjahr an. Die Spargelgerichte wurden auf einer separaten Spargelkarte, neben der bestehenden Mittags- und Abendkarte angeboten. Asparagus rauf und runter. Es fing an mit Spargel »Natur«, mit zerlassener Butter und Pellkartoffeln, über Spargel »Polnisch«, bis zu Kalbsschnitzel und Filetsteak mit Spargel. Die Tagessuppen profitierten auch davon, gab es doch mehr Spargelsuppen und weniger aus der ETO-Tüte.

Die Rohware kam jeden Tag frisch, natürlich vom Niederrhein. Auch wenn die Ware von Landwirten um die Ecke, aus Uedem kam, wurde sie als »Walbecker Spargel« angepriesen. Aus Marketingsicht, ein geschickter Schachzug. War der Spargel aus der Nachbarschaft doch in ganz Deutschland bekannt. Den Unterschied schmeckte man ohnehin nicht. Chef Eitel half persönlich beim Schälen, so hatte er die Kontrolle, dass nicht zu dick geschält wurde. Andererseits ist es eine Kunst Spargel gut und ökonomisch, ohne allzu viel Bruch, zu schälen und bedeutete eine Menge Mehrarbeit.

Es war ein Freitag im Mai, als ich mit ihm im Personalraum saß, den Tisch mit zwei Kisten, ca. 20 kg, Spargel vollgepackt. Außerdem war eine Waage aufgebaut. Der Spargel wurde nach dem Schälen gewogen und zu Portionen gebunden, denn ganz preiswert war er nicht. Mehr als 6 DM musste man für 1 kg auf den Tisch legen.

Er hatte sich eine zusätzliche Schürze umgebunden und zeigte mir, wie der Spargel am gekonntesten von seiner holzigen Schale befreit wird. Dabei hielt er einen Vortrag, über die renommierten Häuser, in denen er früher tätig war und welch erlesene Köstlichkeiten er dort den Gästen kredenzt hat.

»Auguste Escoffier ist der beste Koch«, erzählte er. Also doch nicht »Hunger«, von dem meine Mutter immer erzählte. Wer weiß, von wem sie diese Information hatte?

Die gebundenen Spargel-Portionen, 1 Pfund hatte 400 g, kamen zunächst auf ein großes Blech, wurden mit einem feuchten Handtuch abgedeckt und in das Kühlhaus gestellt, zur weiteren Verwendung.

Der vermeintliche Abfall, die Spargelschalen und unteren Abschnitte, wurden nicht verworfen, sondern mit diesen noch ein »Auszug« hergestellt. Auf so einen großen 50 l Topf mit Schalen, kamen noch 20 l Wasser, Salz und eine Prise Zucker.

Dieser Ansatz durfte anschließend 30 min. vor sich hin köcheln. Der passierte Sud wurde zusammen mit Geflügel- oder Rinderbrühe für Suppen eingesetzt.

Der Spargelbruch diente, in kleine Stücke geschnitten, als Einlage.

Der Klassiker im Restaurant war Spargel mit Kochschinken. Ein wirklich guter gepökelter Schweineschinken, der aus Ober- und Unterschale mit der Schwarte gepresst und gekocht war, wurde dafür hergenommen. Als »Gardemanger« (Koch in der kalten Küche) hatte man in dieser Zeit die Arschkarte gezogen, weil es viele Schinkenplatten anzurichten gab.

Mitten auf dem Zenit der Spargelsaison tauchten auch schon die ersten Freiland-Erdbeeren auf, nach denen die Leute genau so verrückt waren. Auch wenn wir von den süßen Früchten nicht sehr viele Variationen anboten, war auch hier wieder Mehreinsatz gefordert. Wie in Wimbledon wurden Unmengen an Erdbeeren mit Schlagsahne vertilgt, wenn auch nicht so stilvoll.

Ich war zusammen mit dem Chef noch mit dem Schälen des Spargels beschäftigt, als ich von Frau G. den Auftrag bekam 20 dieser Gourmet-Frikadellen an die »Gaststätte Verholen« zu liefern, die ca. 100 m entfernt lag. Das machte ich auch brav.

Viel Betrieb war nicht in der Kneipe. Da saßen zwei Handwerker, der Kleidung nach Dachdecker oder Zimmermänner, an der Theke, hatten ein Kaltgetränk in Arbeit und fütterten den Spielautomaten. Der Kneipier bezahlte die Lieferung und spendierte mir noch ein Pils. Dann gab's einen kleinen Klönschnack mit dem Wirt und den beiden Gästen. Wo ich denn herkomme? Seit wann ich im Hotel bin? Und jede Menge belangloses Zeug. Auf jeden Fall waren die Jungs sehr generös und spendierten ein Bier nach dem anderen. Einer der beiden trank kein Bier, sondern nur Radler, weil er noch fahren musste. Nach einiger Zeit rief dann schon Frau G. beim Wirt an und fragte, wo ich bleibe. Die Gelegenheit nutzte ich um mich aus dem Staub zu machen, sagte »Tschüss!« und schob von dannen. Mittlerweile hatte ich einige Gläser Pils verkonsumiert und schwankte leicht auf dem Rückweg. Jetzt hatte ich ja noch das Geld in der Tasche und konnte mich nicht so einfach über den Hof einschleichen. Also betrat ich mutig den Betrieb durch den Fleischerladen und legte ohne Worte das Geld auf den Tisch.

»Du impertinenter Bursche, was fällt dir ein, dich während der Arbeit volllaufen zu lassen«, waren ihre Worte. Zur Ausnüchterung schickte sie mich nach oben in unser Zimmer.

Eitel saß noch im Personalraum und schälte Spargel. Er hatte auch ein Pils in der Mache, ein Bitburger, welches bestimmt nicht das Letzte an diesem Tag war. Das Byte = 8 Bit, bekam er garantiert noch voll.

Spargelsuppe »Hotel Deckers«

Rezept für ca. 1 l (4 Personen)

Zutaten:
4 EL Gries
30 g Butter, 20 ml Öl
100 g roher Schinken
400 g Spargel, 500 ml Spargelfond
500 ml Brühe (Huhn, Rind oder Kasslerfond)
Spargel garen, den Spargelsud Beiseitestel-
len
Den Gries in Öl und Butter hellbraun rösten.
Mit Brühe und mit Spargelfond aufgießen.
Den in Streifen geschnittenen Schinken hin-
zufügen.
½ Std. köcheln.
Richtig »Dampf« (Raucharoma) bekommt das
Süppchen, wenn man eine geräucherte
Speckschwarte mitkocht.
Den in Stücke geschnittenen Spargel hinzu-
fügen.
Mit Salz, Pfeffer und ein wenig Muskat ab-
schmecken.
Vor dem Anrichten mit gehackter Petersilie
bestreuen.

Die Zubereitung kann man vereinfachen, in-
dem man den Spargel roh in mundgerechte
Stücke teilt und ½ Std. mit dem Ansatz mit-
kocht. Die Brühe dann entsprechend stre-
cken.

Spargel »Koslowski«, Polnische Art

Zutaten:
2 kg Spargel,
130 g Butter
4 EL Paniermehl,
1 TL gehackte Petersilie
1 TL Schnittlauch
3 hartgekochte Eier

Spargel schälen und bündeln. Spargel in kochendes Wasser geben, dem Salz und eine Prise, Zucker zugegeben wurde. Spargel ca. 20 Minuten kochen.

Sauce Polonaise:
Die Butter in einer Pfanne aufschäumen, Paniermehl hinzugeben und goldbraun anrösten. Hartgekochte Eier in Würfel schneiden und mit den gerösteten Semmelbröseln mischen.

Spargel auf einer Platte oder Teller anrichten, Sc. Polonaise darüber geben und mit Petersilie und Schnittlauch bestreuen.

Dieses Rezept gibt es auch in der Variante mit Blumenkohl, die ebenfalls sehr empfehlenswert ist!

Schützenfest

Wir hatten uns kaum von den Anforderungen der Pfingstfeiertage erholt, da nahte das Schützenfest. Die besagte Festlichkeit fand immer am dritten Wochenende nach Pfingsten statt. Das ganze Dorf war schon seit dem Fronleichnamstag, an dem der König ausgeschossen wurde, in Aufruhr.

Für Chef Eitel Grund genug, eine extra fette Sau der Schlachtbank zuzuführen. Denn neben Nackensteaks wurden jede Menge Bratwürste vom Holzkohlegrill an den Mann gebracht.

Martin und Heinz waren mit der zusätzlichen Wurstherstellung gefordert. Die Bakks mit den undefinierbaren Inhalten wuchsen schon seit Ende der Vorwoche dramatisch in die Höhe. Es wurde so ziemlich alles zusammengekratzt, was annähernd nach Fleisch oder Speck aussah.

Der unkundige Leser wird sich fragen, was eigentlich standardmäßig in so einer »feinen Bratwurst« verarbeitet wird.

Für die Herstellung verwendet man sehnenreiches Schweinefleisch, Schweinebauch und Speck. Gewürzt wird (lokal unterschiedlich) mit Kochsalz, Pfeffer, Knoblauch, Majoran, Muskatblüte, Ingwer, Kardamom und Zitro-

nenmelisse bzw. Zitronenaroma. Alles wird
zusammen mit der Schüttung (Eis) und etwas
Warmfleisch oder Kutterhilfsmittel in einem
Kutter sehr fein zerkleinert und in Schweine-
därme gefüllt.

Die Kirmes begann traditionell sonnabends,
mit einem Aufspiel des örtlichen Musikver-
eins zur Kirmes-Eröffnung. Abends gab es
einen Umzug durch das Dorf und den Zapfenstreich auf dem Kirchplatz.
Der Neue, der kleine Wolfgang, musste dem
Chef beim Aufbau des Bratwurststandes
und Grills helfen. Seine Kochgarnitur war
noch stärker oversized als die von mir. Die
Kochjacke reichte ihm fast bis zu den Knien,
die Hose hatte er unten mehrfach umgeschlagen. Beim Transport des Kohlegrills
verschwand er fast vollständig hinter dem-
selben. Der kleine Junge musste wirklich
erst einmal ein wenig hochgepäppelt werden.
Die beiden hatten den Holzkohlegrill samt
Sonnenschirm, Tisch und der benötigten
Futterage vor dem Hotel in Stellung gebracht. Pünktlich zur Eröffnung der Kirmes,
glühten die ersten Kohlen und die ersten
Bratwürste wurden verhökert. Es gab Einheimische, die warteten schon sehnsüchtig
darauf, bis es endlich wieder so weit war,
und verdrückten direkt zwei oder drei aus
dieser Sonderedition.

Beim Umzug säumten Hunderte von Schaulustigen die Straßenränder. Die kamen wohl aus der ganzen Umgebung zu der Festlichkeit.

Einer von uns Lehrlingen musste bei dem Verkauf der Würste assistieren, Weißbrot dazu legen und/oder kassieren sowie ständig Nachschub herbeischaffen. Es rauchte ordentlich. Hin und wieder tropfte etwas Fett in die Glut und kleine Stichflammen drohten die Würste zu verkoken. Eitel wurde es nicht langweilig, der Schweiß lief. Es dauerte nicht lange, da musste der kleine Wolfgang einen zusätzlichen Tisch organisieren, auf dem Eitel sein Pils abstellen konnte.

Nach dem ersten großen Ansturm konnten wir in die Mittagspause und sahen uns etwas auf der Kirmes um. Der Autoskooter war das Highlight, auch wegen der coolen Musik. Der Inhaber des Geschäftes hatte schon Freikarten, als eine Art Trinkgeld, für uns hinterlassen, als er sich mittags eine Schlachtplatte im Restaurant einverleibte. Abends kam dann wieder eine Bestellung von dem Schausteller, außer Haus, die natürlich mit besonderer Sorgfalt abgewickelt wurde, galt es doch, noch ein paar Freifahrten abzustauben. So fiel die Größe des Schnitzels auch recht ordentlich aus.

Der Hofstaat, Schützenkönig mit Königin und Gefolge fand sich auch noch im Restaurant ein, um sich eine gute Basis für das nachfolgende Gelage, den Schützenball, zu schaffen. Man gönnte sich auch richtig was. Chateaubriand, Rumpsteak, Feinschmeckerplatte, alles nur vom Besten.

Den Bratwurstgrill hielt Chef Eitel noch bis zu späten Abend im Gange, solange noch Betrieb auf dem Kirmesplatz war.

Sonntag, nach der sogenannten Krönungsmesse wurden Fahnen geschwenkt, sofern die Fahnenschwenker, nach der durchzechten Nacht, noch dazu in der Lage waren. Diese Verfehlungen, welche meist mit Verlust der koordinativen Kontrolle aufgrund von Alkoholgenuss zusammenhingen, wurden dann am Montag mit einem sogenannten »Strafexerzieren« geahndet. Viele andere hatten auch eine Fahne, brauchten jedoch beim Schwenken nicht mitzumachen.

Nach dem Fahnenschwenken folgte, wie könnte es anders sein, ein ausgedehnter Frühschoppen im Festzelt.

Mit Öffnung der Schaustellergeschäfte wurden auch Eitel und der kleine Wolfgang wieder aktiv. Es warteten noch Hunderte von Würsten auf hungrige Kunden. Schon am frühen Abend sahen die beiden Grillexperten mehr als lädiert aus, gezeichnet vom Kampf mit Bratwurst, Grill und Ketchup.

Am Montag, zum Ausklang der Kirmes, fand dann nochmals ein großer Schützenumzug durchs durch das Dorf, mit anschließendem Dämmerschoppen statt.

Es stand ja eine lange Fastenperiode bevor.

On the road again

Ja, es gab ihn tatsächlich, den freien Tag. Mit viel Glück fiel er direkt hinter den Berufsschultag. Dann hatte man nicht nur zwei Tage Abwesenheit am Block, sondern konnte auch noch Fahrtkosten sparen, da der Weg ja immer über Moers führte. So gnädig, das in unserem Sinne einzuteilen, war Jean jedoch nicht. Es galt ja auch, noch die Interessen der Anderen zu berücksichtigen. Bei Abwesenheit von Eitel oder Frau G. durfte die Mannschaftsstärke in der Küche auch nicht zu dürftig sein. Die hatten wohl Befürchtungen, dass bei besserem Geschäft etwas in die Hosen gehen konnte. Ansonsten kümmerten sie sich auch nicht um die Einteilung der Freizeiten. Morgens, direkt nach dem Aufstehen war es angebracht, sich als Erstes über das Wetter kundig zu machen. Ein Wetter App gab es nicht, man musste schon aus dem Fenster gucken und sich selbst ein Bild machen. Der zweite Blick ging dann in das Portemonnaie. Noch genug Geld für die Bahnfahrt? Wenn genug da war, fiel die Entscheidung für die Bahn, heute fürs Trampen, da auch das Wetter mitspielte.

Mutter war zwar der Meinung, per Anhalter zu fahren, sei zu gefährlich, vergaß jedoch mein dürftiges Lehrlingssalär entsprechend aufzustocken. So richtig gefährlich war es auch nicht. Manchmal musste man sich blöde Sprüche anhören, wenn man von so einem Laberkopp mitgenommen wurde. Einmal wurde ich am Knie befingert, machte der Sache aber schnell ein Ende, indem ich an der nächsten Ampel ausstieg. So schön ist es auch nicht, zu wissen, dass man begehrt wird.

Bevor es losging, nahm ich noch ein kleines Frühstück ein. Mit der Präparation meines Brötchens ließ ich mir Zeit und scharwenzelte ein wenig vor Eitels Büro herum, bis er mich bemerkte. Wenn er gut drauf war, gab es ein großes Wurstpaket mit auf den Heimweg. »Solls nach Hause gehen? Ich packe dir noch was ein«, sagte er und packte mir ein Überraschungspaket zusammen. »Und bestelle deinen Eltern schöne Grüße«.

»Alter Schleimer«, dachte ich. Das mit dem Paket war aber in Ordnung.

Ich verstaute das Paket in meiner Reisetasche, zusammen mit der Schmutzwäsche, und machte mich auf den Weg. Am Ortsausgang brachte ich mich an der B57 in Position und hob den Daumen, wenn ein Auto nahte.

Der Reiz beim Trampen lag auch darin, in einem guten und neuen Auto unterwegs zu sein. Porsche, BMW und Mercedes waren meine Favoriten. Heute war ich vom Glück geküsst und es dauerte gar nicht lange, da hielt er, ein nagelneuer Ro 80. Der stolze Fahrer erzählte mir dann unter anderem von der revolutionären Motorentechnologie des Autos, das von einem Wankelmotor angetrieben wurde. »Hauptsache er fängt nicht an zu fummeln«, war mein Gedanke.

In der Tat beschleunigte das Auto wie kein anderes und der Fahrer hielt auch schön seine Hände am Lenkrad.

An einer Abzweigung in Eick, kurz vor Moers, stieg ich aus und hatte noch einen Fußweg von mehr als 2 km vor mir. Laufen war ich ja gewöhnt. Die 2000 m waren sozusagen eine Kurzstrecke für mich. Den Babyspeck rund um die Hüften war ich auch schon längst los, die langen Tage in der Küche zehrten doch ganz schön.

Zuhause angekommen wurde ich von meiner kleinen Schwester und von meiner Mutter begrüßt. »Was hast du denn heute Schönes mitgebracht? Junge, sei froh, dass du so einen großzügigen Chef hast«, frohlockte sie, als ich ihr das Fresspaket übergab. Eitels Grüße unterschlug ich einfach, um die Lobgesänge nicht zu fördern.

Erst einmal musste ich mich runderneuern und verbrachte eine halbe Stunde in der Badewanne. Meine Tasche mit frischer Wäsche packte ich direkt im Anschluss, so war ich sofort jederzeit wieder bereit zur Abfahrt. Nur, ein wenig Geld musste ich noch organisieren. Ich war es leid meiner Mutter ständig zu erzählen, wie knapp ich bei Kasse war.

»Dann darfst du dein Geld nicht in die Luft blasen, das ist sowieso ungesund«, hätte sie gesagt, obwohl sie selbst auch rauchte.

So ging es nach dem Mittagessen auch direkt los, zu den Großeltern, mal kurz Guten Tag sagen. Ich nahm Mutters Fahrrad, meines stand ja in Marienbaum. Oma hatte ein kleines »Depot« unter dem Teppich im Wohnzimmer, den sie bei so Gelegenheiten lüftete.

Am späten Nachmittag war mein Etat um zehn DM aufgestockt. Ich war rechtzeitig zum Kaffee zurück, um mit meinen Eltern und meinem älteren Bruder noch ein paar Worte zu wechseln und etwas zu lesen, bevor ich meine sieben Sachen zusammenpackte und wieder entschwand.

An manchen freien Tagen verbrachte ich auch noch den Abend mit meinen Eltern, vor der Glotze, was jedoch auch nicht der Hit war. Hinzu kam das unangenehme, frühe Aufstehen am nächsten Tag.

So ging es am frühen Abend zurück ins Dörfli. Dieses Mal mit Bus und Bahn, was direkt 20 % des heutigen monetären Zugewinns wegbröseln ließ.

Ich hoffte inständig, dass kein Triebwagen zum Einsatz kommen möge.

Zwölf Uhr mittags

Es war ein wunderschöner Freitag im August 1967 und wir hockten zusammen beim Frühstück. Jetzt waren Fips und ich schon im zweiten Lehrjahr. Jean war nach einem Jahr im mondänen Düsseldorf wieder zurück in der Provinz und Lothar arbeitete in einem anderen Betrieb. Auch Thilo hatte nach erfolgreicher Gehilfenprüfung das Weite gesucht. Neu an Bord war Jonas, ein 1.90m Riesenbaby, der jetzt das Schlusslicht in der Küchenhierarchie bildete. Das Stück Stoff, das an Wolfgangs Hosen zu viel war, fehlte bei Jonas. Der hatte Hochwasser gemeldet. Die Jacken endeten ein wenig unter dem Bauchnabel. Der »untere Rücken« lag oft frei. Bei der diesjährigen Kirmes hatten Fips und ich eine unglückliche Kollision mit Jonas, mit dem Autoskooter, wobei er seine beiden Schneidezähne verlor. Mittlerweile hatte er sich schon an seine Brücke gewöhnt, die ihm aber auch schon mal in die Dachrinne gefallen war, als er im Fenster lag und das Katzengejammer eines rolligen Katers auf dem Hof imitierte.

Der Blick von meinem Logenplatz, aus dem Fenster, auf den Hof, stellte sich auch etwas anders dar. Mittlerweile standen drei Autos da: Der gelbe Firmen-Combi, ein gelbgrüner DKW von Martin, der mittlerweile seinen Führerschein zurückhatte und ein roter Austin Healey Sprite, den Jean sich als erstes Auto gegönnt hatte. Seitdem Martin wieder Auto fuhr, trank er auch kein Bier mehr während der Arbeit. Sinalco-Korn war das Getränk seiner Wahl. Dieses »Herrengedeck« war in den Sechzigern schwer »en vogue«, besonders bei Autofahrern.

Jean legte beim Frühstück fest, was anliegt und wer was macht. Für den heutigen und den nächsten Tag standen, neben dem Tagesgeschäft, große Dinge an. Es waren mal wieder Frikadellen und Koteletts in rauen Mengen angesagt sowie die Herstellung der großen Charge Erbsensuppe für die Wallfahrt. Wallfahrten gab es zuhauf. Die Pilger kamen mit dem Bus, mit dem Fahrrad oder per pedes. Mitte und Ende August fanden die gefürchteten Fuß- und Radwallfahrten von Bocholt aus statt, bei denen wir Hunderte von Pilgern zu verköstigen hatten. Das Standard-Pilgergericht war Erbsensuppe mit oder ohne Würstchen. 150 l waren das Minimum, das angesetzt werden musste. Gourmet-Frikadellen und kalte Koteletts?, »of course!« und nicht nur für den eigenen Bedarf, sondern auch noch für die umliegenden Kneipen. Am Wallfahrtstag hatten alle gut zu tun.

Wolfgang und Jonas wurden abgeordnet, Gustav beim Herrichten des Festsaales für die Pilger zu helfen. Neben dem Aufbau von Tischen und Bänken waren Getränke bereitzustellen und zu kühlen. Fips übernahm den Entremetier-Posten. Comis Jean und ich kümmerten uns um die Saucen und die Fleischberge, die es zu abzuarbeiten galt.

Mamsell Karla weichte schon mal die getrockneten Erbsen für die Pilgersuppe ein. Nachdem das Fleisch für das Tagesgeschäft angesetzt war, machten wir erst ein Mal einen Inspektionsrundgang in den Kühlhäusern. Ein guter Koch ist ja auch gleichzeitig ein Logistiker und kann Warenströme lenken und optimieren, sodass nichts »end of shelf life« erreicht bzw. überlagert.

By the way, laut einer Erzählung von Jean sollte der Heilige »St. Rochus« der Schutzpatron der Köche sein!

Alles, was geeignet war, die Erbsensuppe und das Frikadellen-Brät zu »verfeinern« wurde herausgesucht. Die ausgesuchten Fleisch- und Bratenstücke wurden mittelfein gewürfelt und zur weiteren Verwendung kaltgestellt.

Gemüse sollte auch an die Suppe. Karotten und Sellerie waren noch vorrätig, den Lauch holten wir uns frisch aus dem Gemüsegarten, der jetzt ordentlich was hergab. Da standen Reihen von Möhren, Sellerie, Kopfsalat, Endiviensalat, Kohlrabi, Bohnen, Kappes, Grünkohl und noch viel mehr, alles in der bekannten Bio-Qualität. Entsprechend musste ich gründlich waschen und dann die Berge von Gemüse in grobe Würfel schneiden, die wir anschließend durch den großen Fleischwolf in der Wurstküche drehten. Jetzt waren auch eventuell noch vorhandene Schnecken nicht mehr auszumachen.

Mit dem Braten der Koteletts und der Frikadellen fingen wir schon mittags an. Der letzte große Schwung sollte aber erst am Sonnabend folgen.

Gegen 13:00 Uhr wurde ich auserkoren mit Chef Eitel die Fleischbestellungen auszuliefern, was für mich ein zusätzliches Taschengeld bedeutete. Für die Lieferungen nahm Eitel immer den gelben Bomber, den alten Rekord Caravan, nicht den fetten Mercedes. Man muss ja nicht alles zur Schau tragen. Es war sehr warm an diesem Tag. Er hatte die Fensterscheibe runter gekurbelt und lehnte den linken Ellenbogen lässig aus dem Fenster. Jetzt fehlte nur noch der Fuchsschwanz an der Antenne. Es dauerte aber noch drei Jahre, bevor der erste Opel Manta auf den Markt kam.

Die Fahrt ging über das platte Land von Vynen, Wardt bis Untermörmter und Appeldorn. Für jedes Fleischpaket, das ich auslieferte, musste ich auch kassieren. Aufgerundet wurde überall, das meiste Trinkgeld gab es jedoch bei den vermeintlich Ärmsten. Von einem alten Mütterchen, das in einem sehr kleinen, verhutzelten Häuschen wohnte, bekam ich stattliche zwei Mark. Am Ende der Tour hatte ich fast fünf DM eingesammelt.

In der Mittagspause war ich mit Jean auf Achse und wir machten eine kleine Spritztour nach Xanten. In Marienbaum gab es ja keine Eisdiele, bei der man stilvoll vorfahren konnte. So ein Cabrio war ja damals auch schon ein Hingucker. Was noch fehlte, war die Stereoanlage und die Bassrolle im Kofferraum. Mit einem schäbigen Käfer vorgefahren, hätte aber auch keinen Unterschied gemacht, mangelte es doch an jeglichem Publikum. Nach einer Kugel Eis und einer »Sightseeing-Tour« rund um den Xantener Dom ging es zurück nach Marienbaum. An dem kleinen Kiosk, dicht neben dem Hotel standen dann noch ein paar Dorfschönheiten, die wir mit der Hupe auf uns aufmerksam machten und ihnen lässig zuwinkten.

Meine neue Gespielin und baldige Verflossene, Lisa, war auch dabei. Ein wenig Standesdünkel oder Mamas erhobener Zeigefinger hinderten sie offensichtlich daran, sich mit dem Kochlehrling in der Öffentlichkeit zu zeigen. Nur im Dunkeln war mit ihr gut munkeln, jedoch auch nicht immer. An einem lauen Sommerabend wollte ich mal mit ihr auf dem Heuboden über dem Schweinestall eine romantische Stunde verbringen. Das Grunzen der Schweine und die Spinnen im Gebälk haben ihr aber nicht zugesagt. Aufgrund meiner Arbeitszeiten kam diese Gelegenheit so schnell nicht wieder. Na ja,

Eitel stellte natürlich auch ein gewisses Risiko dar, die romantische Stunde zu stören.

Eine andere dieser Schönheiten, Katja, sollte bald einen Liebesbrief von Fips erhalten, der allerdings von Jean und mir verfasst und geschrieben wurde.

Punkt 18:00 Uhr kam die Erbsensuppe auf das Feuer, mit allen erlesen Zutaten, die zur Verfügung standen. Die Kartoffelwürfel allerdings erst zum Schluss, um ein Ansetzen zu verhindern. Zur Beschleunigung des Garprozesses der Erbsen streute Jean auch noch etwas Natron rein.

Fips war noch mit dem präparieren der Kartoffeln beschäftigt, als er seine Arbeit unterbrach, und mit einer Kartoffel auf dem Personalklo verschwand. Das war eine Manie von ihm, rohe Kartoffeln auf dem Scheißhaus zu essen.

Man konnte Jean förmlich ansehen, dass er eine Eingebung hatte. Er zog den Wasserschlauch, der in der Waschküche hing, in Richtung Klo und spritze durch das Oberlicht, in dem die Scheiben fehlten, eine ordentliche Ladung Wasser hinein.

Es dauerte etwas, bis der arme Fips rauskam, schimpfend wie ein Rohrspatz und nass, wie ein begossener Pudel.

Zwischendurch wurde die Erbsensuppe mit einem Riesenkochlöffel öfter gut durchgerührt, damit es nur kein Brandenburger gab. Am späten Abend war sie fertig und sollte auskühlen. Bei der schwülen Witterung war es ein Risiko, sie einfach bei Raumtemperatur zu belassen. Also mussten die beiden Monstertöpfe gekühlt werden. Einer verschwand im oberen Kühlhaus, der andere wurde in den Kühlraum im Gewölbe geschleppt. Jean zeigte uns noch, worauf es jetzt ankommt. Die Töpfe wurden an einer Seite etwas angehoben und Bierdeckel untergestellt, damit die Luft besser zirkulieren konnte. So viel zur Theorie.

Der nächste Tag begann dann unerfreulich. Als wir den Kühlraum betraten, roch es schon nach Vergorenem. »Blubb, Blubb«. Die Suppe schäumte und Jean auch. Für »High Noon« waren mehr als tausend Pilger avisiert. Jetzt war guter Rat teuer.

Für neue Erbsensuppe, nach Standardrezept war es zu spät, ausreichend Brühe oder Fond für 300 Portionen auch nicht mehr verfügbar.

Es musste improvisiert werden. Als Erstes wurden Kartoffeln für die Not-Suppe aufgesetzt und das Fleisch für das Tagesgeschäft geschoben. Dann wurde natürlich erst einmal gefrühstückt. So richtig entspannt war jedoch keiner, es war eigentlich nur ein schneller Kaffee, der Vorläufer des »Coffee to go«. Geschwind wurden dann die gärenden Töpfe entsorgt und gewaschen. Ich hörte schon die Schweine grunzen.

Chef Eitel hatte auch schon von dem Drama Wind bekommen und startete seine »Rendite gleich null« Litanei. Er konnte uns jedoch nicht lange damit nerven, weil er sich um die Organisation im Festsaal kümmern musste.

Jean präparierte ein Ansatz von Dosenerbsen, Möhren und einigen großen Fleischwürsten, indem er die Zutaten durch den Duchlaufkutter (Feinstzerkleinerer) in der Wurstküche schickte, den sie fein püriert verließen. Dazu kam noch in Julienne geschnittener Lauch, einige große Dosen Erbsen unpüriert, Wasser und gekörnte Brühe.

Gekörnt, also rieselfähig war das Produkt aber nur, wenn der Eimer frisch war. Einmal den Deckel geöffnet, schon fing das Zeug an Wasser zu ziehen und wurde nach einigen Wochen fest, am Ende fast wie Beton. Ich fing an, mit einer Fleischgabel und einem Wetzstahl größere Brocken aus der Masse zu puhlen und in heißem Wasser zu lösen. Eigentlich hätte ich Hammer und Meißel gebraucht. »Murphy's Law« kannte ich damals noch nicht, sonst wäre ich nachdenklich geworden.

Die Kartoffeln pressten wir ganz am Ende, sozusagen kurz vor zwölf in die Suppe. Ein Haufen angerösteter Speck mit Zwiebel wanderte auch noch rein.

Als die Suppe fertig und mit Glutamat abgerundet war, schmeckte sie gar nicht so übel, hatte jedoch etwas von einer Gemüse-Kartoffelsuppe.

Wir schleppten den ersten Topf in den Saal, gefolgt von einem ebenso großen Teil mit heißen Würstchen. Eitel persönlich übernahm die Suppenausgabe, der kleine Wolfgang die Würstchen und Jonas durfte beim Getränkeverkauf helfen. Neben den Kaltgetränken stand auch schon heißer Kaffee bereit.

Die ersten Pilger hatten sich schon eingefunden. Den größten Andrang gab es auf den Toiletten. Gäste des Restaurants fanden kaum noch eine Möglichkeit, diese Örtlichkeit aufzusuchen.

Im Saal saßen die Ersten der Wanderer und pflegten ihre geschundenen Füße, ein Kotelett oder eine Frikadelle in der einen, Fußbalsam und die verschwitzten Socken in der anderen Hand. Der Fußkranken waren viele, obwohl erst etwas mehr als die Hälfte der Strecke nach Kevelaer zurückgelegt war. Die Schlange mit den Pilgern zog sich wie ein Bandwurm durch das Dorf. Einige trugen so etwas wie eine Standarte, andere einen Pilgerstab und Schärpe. Die waren so eine Art Oberpilger, die ansagten, wie schnell gelaufen wird. So etwa, wie der Trommler auf einer Galeere, der den Takt vorgab.

Als ich die Massen von Menschen sah, fragte ich mich, wie das bisschen Erbsensuppe nur reichen soll. Jedoch waren viele Selbstverpfleger und hatten Brote, einige sogar einen Henkelmann im Gepäck. Andere hatten wohl gesündigt und der Pastor hatte ihnen bei der Beichte, neben dem 50 km

Fußmarsch, eine Erbsensuppe im Hotel Deckers auferlegt. Strafe muss sein!

Koteletts und Frikadellen gab es ja auch noch, und viele deckten sich auch mit Fleischwurst oder der gekochten Krakauer aus dem Fleischergeschäft ein.

Vor dem Saal hatte sich das DRK mit einer »Erste Hilfe Station« aufgebaut. Dort saßen schon etliche, die sich ihre Blasen an den Füßen behandeln ließen. Einen sogenannten Besenwagen, nicht den von Vileda, bestehend aus Eimer und Schrubber auf Rollen, sondern so einen wie bei der Tour de France, gab es auch. In die beiden Kutschen hinter dem großen Feld durften die Pilger einsteigen, die nicht mehr laufen konnten, die Weicheier, Versager, Warmduscher, Flaschen, Jammerlappen, Muttersöhnchen, Schlappschwänze, Waschlappen und Schwächlinge.

Nach dem Verlauf dieses Vormittags wäre ich am liebsten auch dazu gestiegen.

Erst einmal sollte aber der Tante Emma Laden geplündert werden. Die Vorräte an Erbsen waren komplett aufgebraucht und das Wochenendgeschäft stand ja noch an. Schlechte Zeiten für die Bürger von Marienbaum. Erbsen ausverkauft!

Freiwild

Es war ein Tag, fast wie im Mai. Die Sonne schien und es war noch recht warm. Die Vögel machten Spektakel und hauten sich den Ranzen in der Eberesche und der Felsenbirne voll. Das Fenster im Personalraum war weit geöffnet. Leider saß das Riesenbaby Jonas mir direkt gegenüber und raubte etwas von der Aussicht auf den Hof. Der Fuhrpark war jetzt wieder übersichtlich. Jeans Cabrio hatte einen Getriebeschaden, der sich wohl nicht mehr zu reparieren lohnte und Martins DKW Junior war samt Martins Führerschein verunfallt. Ein ungünstiger »SiKo« (Sinalco-Korn-Index) soll dafür verantwortlich gewesen sein.

Gustav brachte schon wieder Unmengen von Gemüse aus dem Garten, die Karre vollgepackt bis oben hin. Besonders Blumenkohl gab es jetzt zuhauf. Zubereitet im Ganzen, auf Kochschinken, gratiniert mit Sauce Hollandaise, als Gemüsebeilage, Salat oder als Tagessuppe. Cremesuppe »Dubarry« hieß sie dann.

»Jonas dreh dich mal um, da hinten kommt dein Gemüse«, bemerkte ich. Worauf ihm fast das Brötchen im Hals stecken blieb. Das Putzen und Waschen des Gemüses sollte heute an ihm hängen bleiben.

Der Saisonhöhepunkt mit dem großen Ansturm auf das Restaurant war Gott sei Dank auch überschritten. Stoßgeschäft sollte es trotzdem geben, die Brunftzeit stand an und 1967 war ja auch bekannt für den »Summer of Love« den Höhepunkt der Hippiebewegung.

Ich sah noch Thilo vor meinem inneren Auge, als er in der Mittagspause in das Zimmer der vollbusigen Büffetkraft, »Twiggy«, schlich und es anschließend so hoch herging, dass man sich die Ohren zuhalten musste. Gestöhnt wurde auch zum Schluss. Uns erzählte er dann, er habe ihr beim Möbel rücken geholfen, weil sie es ein wenig gemütlicher haben wollte.

»Heute schon Möbel gerückt?«, war seitdem eine beliebte Fragestellung.

Es waren schon große Momente, wenn Twiggy die Schiebetür am Pass öffnete und neue Bestellungen hereingab. Sonst hieß es immer: »Bring mal nach vorne«. Seit dem Twiggy am Buffet stand, war Thilo sehr daran gelegen, selbst am Pass zu erscheinen und einen Blick durch die Luke zu werfen. Mir war's recht, hatte ich doch so weniger Laufarbeit.

Auch Jean hatte ich in Verdacht, einem der Zimmermädchen nachzustellen. Ich konnte zufällig beobachten, wie er Franziska, die mit einem Wäschekorb auf dem Dachboden unterwegs war, auf den selbigen folgte. Ich nahm an, dass er ihr beim Aufhängen der

Wäsche behilflich sein wollte. Nach einiger Zeit hörte man klopfende und scheuernde Geräusche und das Stöhnen von Jean. Bruchstückhaft hörte ich auch Franziska »Das Ding ist ja knüppelhart«, »Da musst du kräftiger reiben«.

»Mein Gott, geht das nicht diskreter?«, dachte ich und zog mich zurück.

Wie sich später rausstellte, präparierte Jean auf dem Dachboden eine Kuhhaut, die er in ein Wikinger-Kostüm für Fasching modifizieren wollte. Die Haut war steif, wie ein Brett und stank. Um sie weicher zu machen, bearbeitete er sie regelmäßig mit einem scharfen Stein und walkte das Fell durch. Für den Wikingerhelm hatte er sich auch schon die Stirnplatte der Kuh, samt Hörnern präpariert.

Die Jagdsaison hatte noch gar nicht richtig begonnen, obwohl für das meiste Wild die Schonzeit schon längst beendet war. Trotzdem waren schon einige Jäger auf der Pirsch. Aus dem Hochsitz, dem Giebelfenster unseres Zimmers konnten wir unser Revier ganz gut überblicken, zumindest bis zum »Luderplatz«, dem Kiosk und der mini Pommes-Bude, wo sich am späten Nachmittag die scheuen Rehe sammelten. So konnte man schon von Weitem das eine oder andere geeignete Opfer ausmachen. Ich war ja schon in festen Händen und hatte jemanden zum Knutschen gefunden. Fips war noch alleine, hatte aber ein Auge auf Katja, die

Freundin von Lisa geworfen. Möglicherweise spekulierte er auch damit, hin und wieder ihre Solex, dieses Fahrrad mit Hilfsmotor, benutzen zu dürfen, mit dem sie ihn auch schon mal eingesaut hatte, als sie durch eine Pfütze fuhr.

Der Aufforderung, ihr einen Brief zu schreiben und seine Ambitionen zu gestehen, wollte er jedoch nicht nachkommen.

»Was macht die Liebe Fips, bist du mit deiner Katja im Reinen? Schreib ihr doch einen Liebesbrief«, sagte Jean. »Lasst mich mit dem Weiberkram in Ruhe« war die Antwort von Fips.

Fips war, wie auch Jean, sehr damit beschäftigt, seinen Körper zu »stählen«. Die beiden trugen sogar freiwillig halbe Schweine und Rinderviertel durch die Gegend. Hauptsache macht stark! Auch wenn Salz und Mehl in den schweren 50 kg Säcken geliefert wurde, brauchte ich mich nicht darum zu kümmern. Fips schulterte die Säcke freiwillig die Treppe hoch, in den Trockenlagerraum, das Mag(g)azin, über der Küche. Um etwas von den Fortschritten seiner Bemühungen erahnen zu können, machte er auch, wie ein Body-Builder, Posings vor dem blinden Spiegel des Schlafzimmerschrankes.

Ein guter Koch ist ja auch ein »Mann der Feder« Romantiker und Poet. Aus einer gewöhnlichen Schlachtplatte werden dann schon mal »Variationen von regionalen

Fleisch-und Wurstspezialitäten an nieder-rheinischem Weinkraut mit einer Mousse von der Bintje–Kartoffel«.

So ausführliche Beschreibungen waren damals auf Tageskarten eher unüblich. Das ging eher kurz und knackig, damit am Ende auch alles auf die Matrize passte.

Auf jeden Fall beschlossen Jean und ich, die Sache mit dem Liebesbrief für Fips in Angriff zu nehmen, wenn wir uns schon nicht an der Speisekarte austoben konnten.

Erst einmal war aber Arbeit angesagt. Frau G. hatte ja Gustav angestachelt, den Garten zu räubern. Neben dem Gemüse waren da noch Äpfel und Birnen sowie Weintrauben, die an einem Spalier des Schweinestalls wuchsen, zu verarbeiten.

Als Erstes erlöste ich Jonas von dem Blumenkohl, der war schnell selbst präpariert. Die schönen hellen Köpfe für den Hauptgang, den Rest für Suppe und Gemüsebeilage. Auf jeden Fall durfte der Kohl erst einmal eine halbe Stunde in Salzwasser liegen, das trieb die Bewohner aus ihrer Behausung. Es sammelten sich schöne fette Raupen an der Wasseroberfläche. Ähnlich sah es bei der Verarbeitung des anderen Gemüses und Obstes aus. Die Äpfel aus dem Bio-Garten wurden vorsortiert. Die Besten wurden belassen zur Herstellung von Apfel-Beignets, die wurmstichigen für Obstsalat aussortiert.

In den Obstsalat wanderten auch die Trauben, die zuvor entkernt wurden. So richtig gute Gourmet-Trauben waren es auch nicht. Viele Kerne und eine superharte Schale waren die hervorstechendsten Merkmale.
Hoffentlich bekamen die Gäste keinen Frische-Schock, bei der jetzt einsetzenden Obst- und Gemüseschwemme.
Nach dem mäßigen Mittagsgeschäft setzte ich mich mit Jean zusammen, zwecks Formulierung der Liebesbotschaft. Ein wenig mussten wir uns den notwendigen Sprachstil erarbeiten. Jean schien aber in dieser Richtung eine gewisse Vorbildung zu haben. Womöglich las er Liebesromane? Eine andere Möglichkeit war, dass er im Waisenhaus von den Nonnen mit alter Literatur oder Bibelgeschichten malträtiert worden war. Über die Zeit im Waisenhaus und von seinem Vormund erzählte er aber nicht viel. Wie sich später herausstellte, enthielt der Brief tatsächlich Passagen aus dem Alten Testament, dem Hohelied Salomons.
Meinen Vorschlag, Katjas Brüste gleich Melonen im Garten Eden zu huldigen, verwarf Jean als unsensibel. »Rehböcklein« rahmten am Ende das Kunstwerk. Ihre Schenkel erwähnten wir auch nicht, bei den Hüften war Schluss.
Es dauerte nicht sehr lange, da war der Brief nach unserem Gusto.

Geliebte Katja,

Schon als Du das erste Mal auf deiner Solex, durch die große Pfütze am Bahnhof, an mir vorbei gefahren bist und ich ein wenig nass wurde, wusste ich, dass Du das Mädchen bist, auf das ich in meinen Träumen gewartet habe. Deine blonden lockigen Haare, die vom Wind getragen werden und deinen Busen umspielen, deine strahlenden blauen Augen, die wie Sterne am Firmament funkeln, haben mich verzaubert. Deine wohlgeformten Hüften sind wie von Künstlerhand gemacht und deine Brüste sind gleich zweier Rehböcklein, die in den Lilien weiden.

Wenn wir hin und wieder zusammen an der Pommes-Bude stehen, kann ich kaum meine Augen von dir lassen. Mein Herz schlägt höher und höher.

Wie gerne würde ich dich bald in meinen Armen halten und dich in der kleinen Bergkapelle bei Clausthal-Zellerfeld ehelichen.

In Liebe, dein schmachtender Fips

P.S mach dir keine Sorgen wegen meiner Hose. Die ist schon längst wieder trocken.

Jetzt galt es noch einen geeigneten Kurier zu finden, der Amors Pfeil ins Ziel trägt. Der kleine Wolfgang war genau der Richtige. Eigentlich fehlten ihm nur die Flügel.

Am späten Nachmittag war es so weit. Jean und ich kamen vom Billardspielen aus Hennemanns Kneipe und trafen auf Lisa und Katja, die in diesem Haus wohnte. Wenig später eilte auch Wolfgang auf seinem altersschwachen Fahrrad herbei, die Depesche des Freiers schon in seiner rechten Hand haltend. »Diesen Brief schickt dir Fips, mit lieben Grüßen«.

Indiskreterweise las Katja laut vor und alle bogen sich vor Lachen. »Der ist nicht von Fips, der kann so was gar nicht«, war die Einschätzung von Katja.

»Irgendwie ist das doch gar nicht sein Stil? « Wir gaben doch alles, was in unseren Kräften stand. Hatten wir womöglich doch ein wenig zu dick aufgetragen? Einiges stimmte ja auch nicht. Die kurzen Haare von Katja hätten nie ihre Brüste umspielen können. Katja und Fips sind auf jeden Fall nie ein Liebespaar geworden.

Die nächsten Rehe, mit denen wir uns beschäftigen mussten, waren ein wenig haariger und brauchten keine poetische Zuwendung, sondern am Ende nur eine passende Zubereitung und Garnitur.

»Hubertus«, »Försterin-Art« und »Baden-Baden« waren die wohlklingenden Namen hierfür.

Wild Thing

Abb. 13: Wilhelm Räuber, Bekehrung des heiligen Hubertus[16]

Der Bilderbuchsommer 1967 hatte sich längst verabschiedet und es war schon deutlich kühler. Dicke Nebelschwaden waberten über die Felder als wir zusammen mit Jean und Karla, die Menüvorschläge für eine Feier der Jagdgesellschaft bzw. des örtlichen Hegeringes am Hubertustag zusammenstellten.

Der Legende nach ist der heilige Hubertus bei der Jagd einem gewaltigen Hirsch, mit einem Kruzifix im Gehörn, aus der Jägermeister-Werbung begegnet und wurde so bekehrt. Nach dieser Begegnung füllte Hubertus keinen selbstgebrannten Obstler mehr in seinen Flachmann, sondern nur noch Kräuterlikör. Seitdem ist Hubertus auch Schutzpatron der Jäger aber auch der Metzger.

Natürlich sollte zu der Feier Wildbret aufgetischt werden, das aber noch nicht am Haken hing.

Es gab da eine Kladde, bzw. mehrere davon, mit der ganzen Historie der Speisekarten seit Menschen Gedenken. Dort wurden täglich die Karten bzw. Menüs reingeschrieben, die Chefin dann später auf Matrize brachte. So brauchte man nur ein wenig zu blättern und konnte sehen, welche Köstlichkeiten so vor einem oder vor zwei Jahren aufgetischt wurden.

Die Suche nach der Idee für die Vorspeise war nicht schwer, egal was später erlegt wurde und in den Topf kam, wurde dann zu einer Wildconsommé verarbeitet.

Ein guter Koch ist ja auch ein Stück weit Jäger, was zumindest für Eitel zutraf. Die Jäger waren ja die »Kumpels« von Chef Eitel. Hin und wieder zog er mit ihnen los, entweder zum Tontaubenschießen oder auch mal auf eine Treibjagd. Ein wenig nach Witzfigur sah er schon aus, mit (zu engem) Lodenmantel, Trachtenhut mit Gamsbart und geschultertem Gewehr. Es gab auch einen Stammtisch mit den Jagdgenossen, der von den vielen Heldentaten, der Größe und Anzahl der erlegten Tiere leicht gebogen war. Man trank dann auch den ein oder anderen »Jägermeister« meist aber »Underberg«, weil das ein lokales Getränk aus Rheinberg war. Das obligatorische Pils durfte natürlich nicht fehlen.

Seine Büchse hatte Eitel unter Verschluss, in einem Waffenschrank im Büro, neben dem Tresor. Die kramte er jetzt wieder hervor. Erst einmal zwecks Reinigung und der Letzten Ölung. Kerben waren keine auf dem Gewehrkolben, obwohl er schon wieder einen kapitalen Bock geschossen hatte.

Irgendwo in Rees hatte er einen Deal gemacht und »günstig« eine ganze Herde von dreißig Freilandgänsen gekauft. Der Haken an der Sache: Die lebten alle noch, waren nicht gerupft und nicht ausgenommen. Wofür hat man Azubis?

Erst einmal stand aber der Hubertustag im Fokus. Eine Wildconsommé »Diana« sollte vorweg geschickt werden. Gespickte Rehkeule (oder Hirschkalbskeule) »Hubertus« mit einer Garnitur von Weißbrotcroutons, Speck, Zwiebel und Waldpilzen, Pommes douphin, Pommes Croquettes und Apfelrotkohl war der Hauptgang. Gekrönt werden sollte das Menü mit einem Pistazien-Parfait »Chartreuse«. Statt des französischen Exoten wanderte bei uns jedoch der gute einheimische Magenbitter in das Halbgefrorene. Hauptsache es ist ein Kräuterlikör, Ramazzotti oder Ähnliches, geht daher auch.

Das Hirschkalb, das einige Tage später am Gitter des Schweinegeheges hing, kam gerade noch so rechtzeitig, um bis zum Huber-

tustag etwas abhängen zu können. Hautgout, die Fleischreife kurz vor dem Verderb,
war ohnehin nicht mehr angesagt.

Der Junghirsch lieferte die ausreichende
Menge für die 30 avisierten Personen. Der
Keulen an einem Hirsch sind ja nur zwei.
Zur Not hätte sich aber auch eine Schulter
in ein edles Keulenstück gewandelt. So
wurde aber Hirschgulasch daraus geschnitten. Neben dem Rücken, der für Medaillons
ausgelöst wurde und Kleinfleisch für Wild-
pastete blieben nur noch Sehnen und Knochen, die für die Wildkraftbrühe und Wild-
jus verwendet wurden. Die beiden Keulen
wurden ausgebeint und in Oberschale, Unterschale, Nuss und Hüfte geteilt. Gespickt
wurden die Teile mit fettem geräuchertem
Speck aus eigener Herstellung, der vor dem
Spicken kurz angefroren wurde. Mit einem
spitzen, schlanken Messer wurden dann die
Fleischteile angestochen und die Speckstifte
in das Fleisch gedrückt.

Eitel lief jetzt auch wieder öfter unruhig
durch die Küche und fragte nach dem Stand
der Vorbereitungen. Die fertig gespickten
Keulenstücke beruhigten ihn fürs Erste und
er holte sich ein Pils vom Tresen.

Einmal war Eitel ja ausgrastet und hatte
mich mit der flachen Hand auf den Hinter-
kopf geschlagen, um mich anzutreiben. Da-
raufhin ließ ich die Schüssel mit Gurkensa-
lat fallen, die ich gerade an den Pass bringen wollte. So gab es noch einen Arschtritt

hinterher. Der nächste Zug gen Moers war dann meiner. Ziemlich kleinlaut kam Eitel nächsten Tag bei uns zu Hause vorgefahren und entschuldigte sich. Die viele Arbeit und der Stress hätten ihn seiner Sinne beraubt. Seitdem riss er sich auch zusammen, zumindest in seinem Verhalten mir gegenüber. Karla war auch schon mit der Präparation des Parfaits beschäftigt. Ein Ansatz von Eigelb, Zucker und Kräuterlikör wurde über dem Wasserbad aufgeschlagen und anschließend geschlagene Sahne und gehackte Pistazien untergehoben. Die fertige Masse kam in Rehrückenformen und wurde gefroren.

So ein »Wildgericht« hat es in sich. Fast jeder Gang kam mit alkoholischen Komponenten daher. Die angerösteten Knochen des Suppenansatzes wurden mit Portwein und Sherry abgelöscht, das Hirschkalb mit dem edlen Algerier beträufelt. Auch der Rotkohl bekam einen Schuss Rotwein ab. Zwischendurch wurde auch probiert, man muss ja wissen, was man da verkocht. So wurde es fast langweilig, die Kartoffelbeilagen zu produzieren. »Kommt da wirklich nichts dran, kein Beschleuniger?«, fragte ich Jean. »Wodka könnte schon passen«, war seine Antwort als er die Masse aus Kartoffeln, Ei und Brandteig auf das Backblech spritzte.

»Wir dürfen die nicht zu sehr verwöhnen, die sollen ja auch noch Getränke bestellen«. Das leuchtete auch mir ein.

Es war dann einen Tag später, Freitag, der 03. November, als Chef Eitel seine Flinte schulterte und mit seinem fetten Cabrio zur Hubertusjagd aufbrach. Vorher war Jean noch vergattert worden, bloß für eine ordentliche Abwicklung des Festmahls zu sorgen. Punkt 18:00 Uhr wollte die Meute vor der Tür stehen.

Jedoch fuhr Eitel schon wieder am späten Vormittag vor, chauffiert von einem seiner Jägerkumpel. Ein kleiner Artikel in der örtlichen Zeitung verriet uns später, was passiert war. Waidmannsheil!:

Jagdunfall bei Hubertusjagd

Uedem (MB). Bei einem Jagdunfall im Kreis Moers hat ein Gastwirt offenbar durch einen Querschläger leichte Verletzungen erlitten.

Das 45 Jahre alte Opfer wurde von einer Schrotkugel, die eigentlich für einen Hasen gedacht war, in das Gesäß getroffen.

Der unglückliche Vorfall passierte im niederrheinischen Ort Uedem bei Xanten, wie die dortige Polizei mitteilte. Ganz in der Nähe hatte ein 70-jähriger Jäger einen Schuss auf einen laufenden Hasen abgefeuert. Dabei verfehlte die Schrotladung ihr Ziel und schlug offenbar in den Acker ein, wobei mehrere Kugeln vermutlich von Steinen abprallten. Bei dem Schützen wurde eine Blutprobe veranlasst.

Abb. 14: Zeitungsausschnitt

Zutaten:

1 kg Hirschfleisch (Schulter), 2 Zwiebeln, 1kleine Karotte, 140 g Sellerie, Rotwein, 1 EL Tomatenmark, 300 ml Brühe, 8 Wacholderbeeren, 1 TL Koriander, 1 TL schwarze Pfefferkörner, 1 Lorbeerblatt, 1 Knoblauchzehe, 1 EL Preiselbeeren, 1TL Speisestärke

Zubereitung:

Das Fleisch grob von Sehnen befreien und in etwa 3 cm große Stücke schneiden. Die Zwiebeln, die Karotte und den Sellerie putzen und schälen und in ca. 5 mm kleine Würfel schneiden.

In einem Bratentopf 1 EL Öl erhitzen. In mehreren Portionen das Fleisch darin anbraten und wieder herausnehmen.

Anschließend das Gemüse darin bei mittlerer Hitze andünsten. Etwas Puderzucker darüber stäuben und hell karamellisieren. Das Tomatenmark unterrühren und kurz anrösten. Mit dem Rotwein ablöschen, das Fleisch dazugeben und die Brühe angießen. Das Gulasch bei milder Hitze ca. 2 1/2 Stunden weich schmoren.

Wacholderbeeren, Koriander- und Pfefferkörner in einen Teebeutel füllen und nach 2 Stunden das Gewürzsäckchen sowie Lorbeerblatt, Knoblauch und Preiselbeeren zum Gulasch geben. Mit ein wenig, in Wasser gelöster Speisestärke, abziehen.

Pommes Dauphin, Kartoffelkrapfen

Zutaten:
Ca. 650 g Kartoffeln, 70 g Butter, 100 g Mehl,
2 Eier

Zubereitung:
Kartoffeln:
Kartoffeln kochen, abgießen, kurz ausdämp-
fen und durch die Kartoffelpresse drücken.

Brandteig:
200 ml Wasser mit der Butter und 1/2 TL
Salz aufkochen. Das gesiebte Mehl auf ein-
mal hineinschütten und mit einem Kochlöffel
rühren, bis sich ein Kloß bildet und sauber
vom Topfboden löst. Den Teig in eine Schüs-
sel geben und etwas abkühlen lassen.

Die Eier nacheinander mit dem Kochlöffel
oder einem Handmixer mit Knethaken unter
den Teig arbeiten. Dann die Kartoffelmasse
einarbeiten.

Von der fertigen Masse entweder mit einem
Spritzbeutel kleine Krapfen spritzen oder mit
einem Ess- oder Teelöffel Nocken auf ein
Backblech abstechen.

In heißem Öl goldgelb ausbacken oder bei
220° im Ofen backen.

Gänsejagd

Abb. 15: Martinsgans[17]

Der Martinstag nahte und traditionsgemäß wurden zu diesem Termin die ersten Gänse aufgetischt. Es sollte nun die erste Charge von 8 Gänsen aus der dreißig-köpfigen Schar platt gemacht werden, wofür ein geeigneter Vollstrecker gesucht wurde. Die Wahl fiel auf Fips, der ja eine gewisse Affinität zum Keulen mitbrachte und den kleinen Wolfgang, der das Geschehen von zu Hause kannte und mit seinem Papa schon einige Karnickel, Enten und Gänse dem Nirwana zugeführt hatte. Bald brausten sie davon, im gelben Rekord-Kombi, Chef Eitel leicht lädiert am Steuer, als Oberschlachter und Aufseher. Das Mittagsgeschäft mussten wir ohne die beiden Kollegen abwickeln.

Zurück war das Trio Infernale erst nach 15 Uhr. Die Aktion hatte sich doch ganz schön in die Länge gezogen, da sich die Gänse nicht so einfach einfangen ließen. Man musste erst einmal Exemplare isolieren, zu guter Letzt im Hechtsprung fixieren und enthaupten. Fips erzählte, dass das Federvieh dann auch noch ohne Kopf, wild flügelschlagend, über die Weide gelaufen ist, wie in Hitchcocks Horror Inszenierungen.

Im Laderaum des Kombis machten sie jedenfalls einen friedlichen, wenn auch sehr blutverschmierten Eindruck. Auch Fips und Wolfgang sahen aus, wie einem Dracula-Film entsprungen. Nur Eitel kam daher, wie aus dem Ei gepellt.

Der eigentliche Horror-Film lief jedoch erst in der Spätvorstellung, abends, beim Rupfen und Ausnehmen der Großvögel.

Es war ein Bühnenstück, das wir nur mit fünf Personen besetzen konnten, da nur begrenzt Gummischürzen verfügbar waren. Die beiden Putz- und Spüldamen, Martha und Elsbeth mussten mit ran. Sie hatten Erfahrungen mit solcherlei Arbeit. Elsbeth kam aus Siebenbürgen und hatte einen ähnlichen Slang wie Martha, jedoch schimpfte sie nicht so viel. An diesem Tag war Martha auch ruhiger, da ein wenig indisponiert. Ihre faltigen Wangen waren noch stärker eingefallen als sonst, denn sie hatte keine Zähne im Mund, weil ihre Zahnprothese gebrochen war.

Zum Brühen der Vögel wurden zwei Zinkwannen mit kochendem Wasser gefüllt. Die Sonne war bereits untergegangen, es war dunkel und das heiße Wasser dampfte gewaltig in der Kälte, was dem blutig, weißen Schauspiel, mit Elsbeth und Martha in den Hauptrollen, eine so gespenstische Atmosphäre verlieh, dass man fast eine Gänsehaut bekam.

Abb.16: Max Liebermann, Gänserupferinnen[18].

Wo anfangen? »Brust oder Keule?«, war jetzt die Frage. Ich guckte einfach, was die beiden Waschweiber machten. Den Vogel ein paar Mal in das heiße Wasser getaucht, ging es mit den Keulen los. Das war ein Scheiß-Job. Die Federn flogen nur so. Wer wollte die wieder einsammeln? Nach einer Stunde sah es auf dem Hof aus, als hätte Frau Holle die Betten aufgeschüttelt. Da ein wenig Wind ging, waren die feinen Daunen schon im ganzen Hof und Garten sowie in den Haaren von Jonas verteilt. Sein Kopf schien die Federn anzuziehen, wie ein Magnet.

Die gerupften Exemplare wurden zum Schluss noch von Jean persönlich mit dem Gasbrenner der Schlachter abgeflammt, bevor es ans Ausnehmen der Vögel ging. Dazu hängte er die Flattermänner an einem Fleischerhaken in den Kirschbaum vor dem Fenster des Personalraumes und brannte die Federreste ab. Für so eine Illumination wäre im Zirkus Eintrittsgeld fällig gewesen. Ich war froh, dass ich weiter rupfen konnte. So blieb mir das Gewühl in den Eingeweiden der Vögel erspart. Das Innenleben der Gänse schillerte in noch mehr Farben wie Hühnergedärm, vorwiegend in kräftigen grünen und blauen Tönen.

Gut auch, dass wir nicht in den ganz schlechten Zeiten lebten, sonst hätten womöglich die Därme noch ausgewaschen und im »Schwarzsauer« einem »Arme-Leute Gericht« aus Gänseklein, mit Blut gebunden, verarbeitet werden müssen.

Diese Arbeitsbeschaffungsmaßnahme reichte auch so. Wenigstens gab es ein Bier, nachdem die Arbeit erledigt war. Nein, kein Bit, sondern Altbier. Eine sogenannte »Issumer-Schnitte«.

Die fertig vorbereiteten Gänse kamen ins Kühlhaus zur Verarbeitung am nächsten Tag. Zubereitet wurden sie ganz klassisch, mit Zwiebel und Apfel gestopft, gewürzt mit Salz, Pfeffer, Beifuß, Thymian, Majoran und in die Röhre geschoben.

Selbst Großmeister Escoffier hat in seinem »Kochkunstführer« für die Zubereitung der Gans nicht viel zu bieten. Entsprechend schreibt er ein Vorwort über das Kapitel Gans:

»Vom kulinarischen Gesichtspunkte aus besteht der Hauptwert der Gans darin, dass sie uns die delikate Leber liefert. Im Übrigen findet sie ihre Hauptverwendung in der bürgerlichen Küche. In der feinen Küche wird nur die ganz junge Gans (Oison) verarbeitet« [19]

In dem Kapitel zur Gänseleber, »Parfait de Foie gras, Feingericht von Gänseleber«, gibt es dann auch gar kein Rezept, sondern er verrät, dass er auch nur mit Wasser kocht:

»Selbst wenn man noch so große Sorgfalt auf die Zubereitung dieses beliebten Gerichts

verwendet, so erreicht man doch selten das Resultat, das die großen Pastetenfabriken erzielen. Es ist daher auch besser, das Parfait fertig von einer guten Pastetenfabrik zu beziehen.[20]

Danke für das klasse Rezept, Auguste!
Es würde mich nicht wundern, wenn der Starkoch, neben dem weißen Piemont-Trüffel, auch einen Vorrat an gekörnter Brühe und Maggi Würze unter Verschluss hatte. Dass er mit Julius Maggi kooperiert hat, ist ja hinlänglich bekannt. Ein wenig enttäuscht war ich aber schon.
Was Escoffier konnte, konnten wir aber auch. Die Kartoffelklöße zu den Gänsen wurden nicht selbst hergestellt, sondern aus einem Convenience Produkt mit Wasser angerührt.
Das sollte mir noch einmal später, bei der praktischen Abschlussprüfung, fast zum Verhängnis werden.

Der Trick bei der Herstellung der industriellen Kartoffel-Produkte ist ganz einfach. Zuerst muss die enzymatische Bräunung der gemahlenen Kartoffel unterdrückt werden, was man mit Schwefel und/oder Ascorbinsäure bewerkstelligt. Anschließend wird das Wasser über Vakuum- und Walzentrockner entzogen. Schon hat man ein haltbares Produkt. Noch ein wenig Eipulver, Stärke und Gewürz dazu. Fertig!

Die Story mit den Gänsen wiederholte sich bis in das neue Jahr, ebenso wie mit dem Wild. Nicht nur Reh-, Rot- und Damwild, sondern auch noch das ganze Federvieh, vom Rebhuhn über die Wildente bis zum Fasan sowie Wildkaninchen und Hase standen in den Wintermonaten auf der Speisekarte, Wildschwein eher selten.

Den viel gerühmten Fasan fand ich am schrecklichsten, was zum Teil an der Zubereitung lag. Wurden die Vögelchen bei uns doch durchgegart und starben somit zweimal. Trotz Speckmantel wurden sie somit immer furztrocken. Ein gut zubereiteter Fasan muss eben englisch gegart werden und darf maximal 20 Minuten die heiße Bratröhre sehen.

Garnituren zur Gans:

Oie aux marrons. Gans mit Kastanien.

Die Gans wird mit Wurzelwerk etwas Fleischbrühe und Madeira gedämpft und mit glacierten Kastanien garniert. Dazu reicht man neben dem entfetteten Fond verkochte Madeirasoße.

à la Strassbourgeoise. Gans auf Strassburger Art.

Die Gans wird mit Fleischfarce gefüllt und mit dem Gänsefett angebraten. Man füllt dann Brühe und Weißwein auf, fügt ein Bou-

quet garni hinzu und lässt sie schmoren. Garniert wird mit Maronen und Sauerkraut.

à l'anglaise. — Gänse auf englische Art.

Die Gänse werden mit Semmelfarce, bestehend aus gehacktem Kalbsfett, eingeweichten Semmeln und einigen Eiern, mit gehackter Petersilie und Minze gewürzt, gefüllt und gebraten. Man garniert sie mit Kartoffeln und gibt Jus oder Minze-Soße dazu.

Junge Gänse auf Elsässer Art

Die Gänse werden mit Trüffelfarce gefüllt, mit gerösteten Gemüsen bedeckt, mit Speck bewickelt und gebraten. Man garniert sie mit Sauerkraut, welchem Trüffel beigefügt werden sowie mit Würstchen und magerem Speck, den man mit dem Sauerkraut gekocht hat.

Einige klassische Wildgarnituren:

Jägerart: mit Zwiebeln und Champignons, in brauner Soße

Hubertus: Speck, Perlzwiebeln, Croutons, Champignons und Rotweinsauce

Baden-Baden: mit gedünsteter Birne und Preiselbeeren oder Johannisbeergelee

Winzerinnenart: Gebackener Speck in Rautenform, in Weinbrand marinierte und in Butter und Zucker glasierte Trauben; Weinsauerkraut, Kartoffelpüree.

Grünfutter & Panhas

Es war ein grauer regnerischer Tag im Dezember. Wir saßen gemeinsam im Personalraum und nahmen unser Frühstück ein. Die Wand an der Stirnseite des Tisches zierte seit Kurzem ein goldener Lenker, den wir in einer feierlichen Zeremonie, dem kleinen Wolfgang überreicht hatten, für unermüdliches Bücken und Strampeln.

Fips persönlich hatte den alten Fahrradlenker organisiert und mit Goldbronze versehen. Chef Eitels Gänseherde war mittlerweile schon ordentlich geschrumpft, es liefen nur noch wenige Vögel herum, von denen einige für unsere Weihnachtsfeier gedacht waren.

Wo die Gänse sind, ist bekanntlich der Grünkohl nicht weit. Braunkohl, Hochkohl, Winterkohl, Strunkkohl, Krauskohl oder, Federkohl, lippische Palme, Oldenburger oder friesische Palme sind übrigens regionale Synonyme für diese Kohlart.

Die ersten Fröste waren längst über den Grünkohlacker im Gemüsegarten hinweg gezogen, so wunderte es nicht, dass Gustav jetzt mit dem »Schweinefutter« rüber kam. Aus dem Nebel tauchte er auf, heute mit drei Kisten des edlen Grüns auf seiner Schubkarre.

Als Konkurrenz zur klassischen Schlachtplatte gab es das Grünzeug mit Kassler Rippenspeer, geräuchertem Schweinebauch und Mettwurst sowie als Beilage zu Enten und Gänsebraten.

Grünkohl gab es bei uns zu Hause nie. »Das ist Futter für die Schweine, mehr nicht!«, war die Meinung meiner Mutter zu dem zähen Gemüse. In der Tat will der Grünkohl richtig zubereitet werden, damit er schmeckt. Welche Sorte des krausen Gemüses damals im Garten angebaut wurde, kann ich nicht mehr nachvollziehen, es soll ja heutzutage mehr als 50 Varietäten geben.

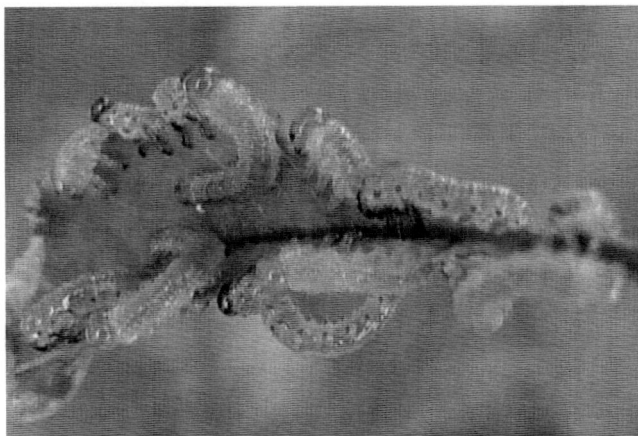

Abb.17: Gäste im Grünkohl[21]

Fest steht, dass es ein äußerst zähes Kraut war, welches einer besonderen Behandlung bedurfte. Es fing mit dem Waschen und Putzen des krausen Gemüses an. In den Schlupfwinkeln, den Ecken und Falten des Kohls machten es sich gerne diverse Gäste gemütlich. Diese Arbeit blieb mal wieder am Jüngsten in der Runde hängen, dem Riesenbaby Jonas.

»Jonas, du kannst heute wieder zeigen, was du drauf hast«, sagte Jean. »Benno hilft dir beim Hacken«. Natürlich half ich. Der Kleine musste ja lernen, wie so etwas im Hause Deckers gemacht wird.

In den gefliesten Salatbecken setzten wir vorab eine Salzlösung an. »Jetzt den Kohl von den groben Rippen ziehen«, sagt ich. »Die Strünke und die ganz groben Triebe bekommen die Schweine vom Chef, die feinen Triebe kannst du so lassen«.

Den Kohl ließen wir noch 5 Minuten in der Salzlösung ziehen, um die Einwohner zu vergrämen. Der fetten Raupen muntere Schaar fischten wir ab und gaben sie zu dem Schweinefutter, welches in den Dämpfer wanderte. Das gab wieder ein richtiges Festmahl für Eitels Schätzchen.

Nach dem Waschen des Kohls wurde dieser blanchiert und im Anschluss durch Martins großen Wolf gedreht, was die Arbeit mit dem Hackmesser erübrigte.

»Jonas, du machst jetzt mal den Ansatz für den Grünkohl, Zwiebel-Julienne in Gänseschmalz anschwitzen, dann den Kohl dazugeben und mit Brühe angießen«.

Zur Gesundheit.

Der Braune?

DEr Braunkol / zum gemüs' und zur gesundheit nutzt /
Die inre fäul' im leib' er weg gelinde nimmet:
Braun nach der farb' ich heis / der kranckheit vorgeschützt
Wird durch gesunde kraft: weil uns dann ist bestimmet
Zu beissen eins ins gras / so werde nicht getrutzt /
Auf alzufetten Kohl / dan wan das feuer glimmet
Des HErren scharffen zorns / und Gott der Seelen ruft /
Der leib mus unters gras in eine tieffe gruft.

D.G.U.E.H.Z.D.L.   1626.
Otto Graf und ...

Abb. 18: M. Merian, Braunkohl, 1626[22]

Als der Kohl zu kochen begann, trat Jean in Aktion und legte noch einen geräucherten Schweinebauch und Kassler sowie einen Eimer gewürfelte Kartoffeln dazu.

Das Ganze verbrachte dann noch über 1 Std auf dem Herd. Zum Ende wurde der die Konsistenz des Grünkohls mit durchgepressten Kartoffeln eingestellt.

»Der schmeckt nur mit viel Aquavit zum Runterspülen«, war Jeans abschließender Kommentar.

In der Tat ist es im Norden Deutschlands sogar üblich, sich vor der Grünkohlmahlzeit Mut anzutrinken. Das Gelage wird meist als gesellschaftliche Zusammenkunft mit einer Wanderung, Kutschfahrt oder Kegeltour getarnt.

Zur Gesundheit:

Entgegen der klassischen Zubereitung des Kohls sprechen sich Ernährungsexperten für die schonende Zubereitung aus, um die wertvollen Inhaltsstoffe zu schonen.

Grünkohl ist so reich an Vitalstoffen, Vitaminen und sekundären Pflanzenstoffen, dass er unter den grünen Blattgemüsen als Superstar gilt. Besonders die sekundären Pflanzenstoffe und Antioxidantien sind bekannt als natürliche Schutzschilde gegen diverse Infektionen. Der hohe Protein- und Eisengehalt macht selbst Fleisch als Eisenlieferanten Konkurrenz.

Der neueste Trend in der Küche sind daher grüne Smoothies oder der Grünkohl kommt als Salat oder nur kurz gedünstetes Gemüse daher.

Den Hype auf den Grünkohl sollte man relativieren und nicht verschweigen, dass der Kohl reich an »Ballaststoffen« und schwer verdaubar ist. Kurze Garzeiten sind da alles andere als förderlich.

Andere Kohlsorten wie Spitzkohl oder Wirsing sind ebenfalls reich an den hochgepriesenen Begleitstoffen, sind aber weitaus feiner und leichter verdaulich.

Ein anderes Schmankerl in der kalten Jahreszeit war »Panhas«, wovon es eine rote Variante (mit Blut) und eine weiße Abwandlung gibt. Basis ist eine Wurstbrühe, die mit gemahlenem Schweinebauch und Speck gepimpt und zum Ende mit Buchweizenmehl gebunden und abgebrannt wird, bis ein richtig dicker Brei entstanden ist.

Die edle Masse füllt man in geeignete Formen und schneidet nach dem Auskühlen ca. fingerdicke Scheiben, die mehliert und in der Pfanne gebraten werden.

Panhas war/ist nicht nur am Niederrhein ein Klassiker, sondern z. B. auch im Münsterland, wo die Gourmets ein kulinarisches Ausrufezeichen setzen und den Panhas mit Rübenkraut bestreichen.

Da läuft einem das Wasser im Mund zusammen!

Weihnachtsparty

U m Weihnachten, war fast die beste Zeit im Jahresverlauf. Nur mäßiges Geschäft und die Gänse alle einen Kopf kürzer. Wild stand leider noch bis Ende Januar auf dem Plan.

Über die Weihnachtsfeiertage war das Hotel geschlossen. Es waren die einzigen Feiertage, an denen wir nicht in der Küche schuften mussten. Frau G. und ihr Gemahl richteten jedes Jahr eine Weihnachtsfeier aus, die kurz vor den Feiertagen stattfand.

Es gab meist ein drei Gänge Menü, dieses Jahr eine klare Ochsenschwanzsuppe, Gänsebraten mit Rotkohl und Pfannis Beste (Klöße) sowie Kartoffelkroketten und zum Dessert eine Weinschaumcreme. Die Weinschaumcreme war nichts anderes, als eine abgewandelte »Sabayon«, mit ein wenig Gelatine und geschlagener Sahne.

Um 19:00 Uhr ging es los mit der Party. Die Tafel war festlich eingedeckt, mit kleinen Tannenzweigen als Deko, auch Zigarettenpackungen aller erdenklichen Marken auf den Tischen verteilt, wie es damals üblich war. Vorweg als Aperitif, wurde ein Sherry gereicht. Das reichte bei einigen schon für rote Wangen. Die beiden Fleischer tranken den Weiberkram nicht und drückten sich stattdessen schon einen Korn rein. Rote Nasen hatten die beiden auch schon.

Zwischen den Gängen waren wir natürlich genötigt, in die Küche zu gehen und den entsprechenden Gang für die zwanzig Personen anzurichten. Die Suppe und der Rotkohl wurden im Bain-Marie heiß gehalten. Die 5 Gänse standen portioniert warm in der Bratröhre. Nur noch die Pommes Croquettes mussten frittiert werden. Ich war richtig froh darüber, nicht ständig auf meinem Stuhl kleben zu müssen. Die Konversation am Tisch war auch nur richtig langweilig.

Ich hatte mich eigens für den Anlass in Schale geworfen und trug ein Hemd, das ich schon ein Jahr nicht mehr getragen hatte und das mir eigentlich schon zu eng war. Die Krawatte schnürte mir auch ein wenig die Luft ab. Kollege Fips ging es auch nicht besser, dem war sogar schon ein Knopf seines Hemdes weggeplatzt.

Die beiden It-Girls, Marta und Elsbeth, saßen mir schräg gegenüber. Sie unterhielten sich sehr angeregt. Martha hatte ihre neue Zahnprothese im Einsatz, die ihr aber offensichtlich noch einige Probleme bereitete. Bei Verzehr des Gänsebratens hielt sie ihr Taschentuch vor den Mund und nahm ihr Gebiss aus der Mundhöhle. Unter dem Tisch fummelte sie dann an ihren Beißern herum und schob sie alsdann wieder ein. So zäh war die Gans doch gar nicht. Vielleicht hatte sie ein Stück von einem Vogel erwischt, der ein paar Flugstunden mehr auf dem Tacho hatte? Die Altersstruktur der Gänseherde, die Eitel vor nicht allzu langer Zeit günstig geschossen hatte, kannte ja keiner.

Zum Essen gab es wahlweise Weißwein oder Rotwein. »Trittenheimer Altärchen« oder Beaujolais war angesagt. Mir sagte beides nicht zu. Der Riesling war zu fruchtig und hatte zu viel Säure und Zucker. Der Beaujolais hatte etwas Adstringierendes (Tannine). Da mir beides nicht schmeckte, trank ich wie viele andere auch, ein Bit. Jean erzählte uns, dass er bei einer der früheren Feiern mal richtig versackt war und sich am nächsten Tag am Ofen festketten musste, um nicht umzufallen. Mittlerweile konnte ich seine Geschichten besser einschätzen, wahrscheinlich hatte er nur zwei oder drei Pils getrunken.

Ein guter Koch ist ja auch ein guter Redner, so hielt Chef Eitel nach dem Dessert noch eine kleine Ansprache mit Dankesbekundungen und motivierte für die Herausforderungen des nächsten Jahres. Womöglich hatte er Existenzängste, weil 1968 das erste Kunstfleisch, texturiertes Sojaprotein (TVP) auf den Markt kommen sollte. Dem Produkt war aber kein Erfolg beschieden. Die Vegetarier und Veganer waren noch zu wenig. Die deutsche Bevölkerung hatte immer noch Nachholbedarf. Die Fresswelle der 50er Jahre hielt noch an und sollte in der Edelfress-

welle enden. Außerdem gab es einen Butter-
berg und Rindfleischberg, der abgearbeitet
werden musste.

Dann wurde mit einem Birnengeist, »Willi-
ams Christ« angestoßen. Cheers!

So eine Art Bescherung fand auch statt. Im
ersten Lehrjahr war es ein goldener Herren-
ring mit schwarzem Diamant (Onyx). Super,
genau das richtige für einen jungen Mann in
meinem Alter, den hab' ich ständig getragen.
Dieses Jahr lag ein Reisenecessaire unterm
Weihnachtsbaum, wenigstens das Teil für
die Nagelpflege war praktisch. Zwei Kochjacken gab es auch dazu, wohl als Wieder-
gutmachung, da beim Mangeln der Wäsche
öfter die Knöpfe der Jacken geplättet wurden. Wenigstens waren es für die Lehrlinge
immer einheitliche Geschenke, so wurde
keiner benachteiligt.

Gegen 23:00 Uhr hatten die Ersten schon
die richtige Bettschwere und machten sich
auf den Heimweg. Auch die Fleischer mussten ja früh aus den Federn, obwohl die noch
was vertragen hätten. Mir war's auch recht.
Wir räumten noch die übrig gebliebenen
Zigaretten von der Tafel und verzogen uns
nach oben. Ich nahm nicht den Weg durch
die Küche, sondern die Alternativroute, vorbei am Zigarettenautomaten, die Hoteltreppe
hoch.

Es schepperte mal wieder!

Oben in unseren Mansardenzimmern war es, passend zur Jahreszeit, jetzt recht kalt. Obwohl die Heizungen voll aufgedreht waren, wollte es nicht so richtig warm werden. Ohne dicken Pullover ging es gar nicht!

Die beste Alternative wäre jetzt gewesen, sich direkt ins Bett zu legen. Die nötige Grundmüdigkeit hatten wir ja.

Stattdessen machten wir noch eine Doppelkopfrunde auf. Auch Jean war noch gut beieinander, festketten braucht er sich heute Abend noch nicht.

Am nächsten Morgen brach der letzte Arbeitstag vor dem kurzen Weihnachtsurlaub an. So ein richtiges Katerfrühstück brauchten wir gar nicht und tischten wie gewohnt auf. Sozusagen vom Frühstückstisch weg, wurde Jonas zum Aufschnitt schneiden in den Fleischerladen beordert, musste sich aber vorher eine seiner neuen Jacken anziehen. Gut, dass dieser Kelch an mir vorbeigegangen war.

Der einzige Ort, an dem heute noch richtige Arbeit gefordert war, war der Fleischerladen. Da brummte es noch bis mittags. Das Restaurant war kaum noch frequentiert und wir bereiteten uns auf die zwei Ruhetage vor.

Kühlen, Einfrieren, Entsorgen und Reinigen waren die Hauptarbeiten.

Im Fleischerladen wechselten sich Frau G. und Eitel jetzt periodisch ab. Ständig kamen irgendwelche Besucher, unter dem Vorwand Weihnachtsgrüße überbringen zu wollen.

Der örtliche Klempner und Schornsteinfeger, Jägerkumpels, der Bäcker, der Viehhändler, auch Hühner-Harry fuhr vor. Jedes Mal wanderten neue Gedecke, Cognac, Korn und Pils in das Büro. Sogar die Fleischer und die Küchencrew wurden bedacht. Prost! Das letzte Bier hatte ich dann schon aus Verzweiflung im Ausguss entsorgt. Gegen 15:00 Uhr saß ich angeschlagen im Zug Richtung Moers und machte drei Kreuzzeichen. Wieder einen Jahres-Abschnitt beendet.

Auf der Fahrt bewunderte ich noch die Kritzeleien in dem Bahnabteil. Im »Summer of Love« war einiges dazugekommen. Die alten Kunstwerke waren zum Teil mit »Peace« Symbolen verschönert.

Auch die Dichter und Poeten waren nicht untätig. »Fuck for Peace«, lautete die neue Botschaft, die das Interieur des Bahnabteils zierte.

Da kam man schon in Festtagsstimmung. Ein besinnlicher Heiligabend nahm seinen Lauf.

»Die Silberschellen klingen leise,
Ein Lehrling macht sich auf die Reise.
In Eitels Haus die Kerze brennt,
Ein Sternlein blinkt, es ist Advent«.[23]

Endspurt

Es war der erste April 1969. Unser drittes Lehrjahr war angebrochen. Karla war stolze Besitzerin eines Gesellenbriefes und leitete nun das Küchenteam. Jean hatte bereits im März das Weite gesucht. Zwei Koch Commis hätten wahrscheinlich auch das Budget von Eitel gesprengt, bzw. seinen Gewinn minimiert. Erstaunlicherweise zahlte er uns freiwillig 100DM, statt der vertraglich fixierten 50DM. Mehr als überfällig, denn bereits im zweiten Lehrjahr wurde uns schon einige Verantwortung abgefordert. Am Frühstückstisch saßen zwei neue Kollegen, Charlie und Reinhard, die heute ihren ersten Arbeitstag hatten. Sie sahen nicht viel anders aus, wie wir damals, mit der etwas zu großen und blendend weißen Kochkleidung. Bis auf die Matte von Charlie, die für die Küche deutlich zu lang war. Vielleicht hätte er die Haare unter der Kochmütze hochbinden sollen. Jedenfalls tauchte kurz nach elf Chef Eitel auf und nahm sich Charlie zur Brust »Deine Haare sind viel zu lang, so kommst du mir nicht in die Küche. Erst einmal gehst du zum Friseur und lässt dir die Haare ordentlich schneiden.« Nach einer Stunde, wir saßen nach dem Mittagessen noch im Personalraum, sah ich ihn über den Hof zurückkommen. Die seitlichen und hinteren Haare waren abrasiert, in der Mitte stand ein ca. 3 cm hoher Streifen hoch. Er hatte sich einen Irokesenschnitt verpassen lassen. Fips und ich lagen fast unterm Tisch bei dieser Vorstellung. Karla, die alte Spaßbremse, arbeitete weiter an ihrem Posten und ließ sich durch Charlies Aktion nicht ablenken.

Dafür aber Chef Eitel, der den Irokesen wohl auch durch das Bürofenster hatte kommen sehen. Wahrscheinlich war er fast vom Stuhl gefallen. Ihm platzte förmlich der Kragen »Du machst uns ja alle zum Gespött, willst du mich verarschen?« Den Friseur machte er am Telefon auch rund, der musste ohne Bezahlung die verbliebenen Haare in der Mitte rasieren, sodass es am Ende eine Glatze wurde.

Eigentlich ging so was schon tief ans Persönlichkeitsrecht, damals krähte aber kein Hahn danach.

Charlie wurde seitdem nach dem glatzköpfigen Helden des Films »Die glorreichen Sieben«, »Chris« (Yul Brynner) genannt.

Der obligatorische Aprilscherz erübrigte sich an diesem Tag. Bei Anblick von Chris konnte man sich ein Lachen nicht verkneifen. Irgendwie erfüllte ihn seine Aktion auch etwas mit Stolz. Widerstand passte in die

Zeit. Angehende Köche machten eben anders Protest.

Die Arbeit als solche hatte sich nicht verändert, jedoch war es nicht mehr so spannend, wie mit Jean. Karla spulte einfach ihr Pensum herunter. Bulleneier wurden nicht mehr zubereitet.

Mit Jean zusammen hatte ich zum Karneval noch einen Riesenspaß, als wir gemeinsam verkleidet zum Faschingsball in der Gaststätte Hennemann antraten. Jean hatte sein Wikingerkostüm tatsächlich fertiggestellt. Ein wenig streng roch es noch.

Monika, meine neue Freundin, lieh mir eines ihrer Kleider. Mit etwas Lippenstift und zwei Ohrringen verwandelte ich mich in ein junges Mädchen.

Bei der ausgelassenen Party wurde ich sogar mehrfach am Hintern begrapscht, obwohl ich einen starken Beschützer an meiner Seite hatte. Sogar auf die Tanzfläche wollte man mich abschleppen. Freibier gab es auch reichlich!

Trotz der drohenden Saisonhöhepunkte wurde es jetzt auch Zeit, dass wir uns so langsam auf das gesteckte Ziel, die Abschlussprüfung vorbereiteten. Die Noten in der Berufsschule, die auch in die Prüfung eingingen, waren nicht so prall. Fehlzeiten gab es da auch, weil Fips und ich statt in der Berufsschule schon mal im Stadtcafé oder der Bahnhofskneipe gelandet waren.

Der guten Vorsätze waren Viele, jedoch haperte es öfter an der richtigen Umsetzung. In der knappen Freizeit, die wir hatten, galt es auch noch andere Bedürfnisse zu befriedigen.

Mit Fips beschloss ich, öfter mal etwas auf die Speisekarte zu bringen, was wir in der Berufsschule gelernt haben.

Für den Karfreitag bestellten wir grüne Heringe, die entgrätet und mit Champignons, Lauch und frischen Kräutern gefüllt und anschließend mehliert und gebraten wurden. Das war zwar viel Arbeit, wurde von den Gästen auch noch einigermaßen angenommen.

Der zweite Anlauf, »Pommes Macaire« zu Schweinekotelett Natur als Beilage anzubieten, war sozusagen ein Rohrkrepierer. Schweinekotelett wurde zwar öfter annonciert, jedoch mit dem Zusatz »mit Pommes frites statt Macaire Kartoffeln«.

Diese Umbestellungen liebte ich sowieso, »Gemischtes Eis, nur Vanille«, war eine meiner Liebsten.

So starb das Projekt recht schnell, auch weil es von Eitel nicht besonders gefördert wurde. Ein Umstand war auch die mangelnde Verfügbarkeit von frischen Zutaten zu einem angemessenen Preis. Ein Versuch Eis selbst herzustellen, scheiterte an der Eismaschine, die schon seit Jahren nicht mehr funktionierte. Nur Parfait war möglich. Die Sahne für das Parfait musste dann auch noch mit der Hand geschlagen werden, da die Küchenmaschine auch kaputt war. Öl tropfte vom Getriebe in den Schlagkessel, der auch noch ein wenig Patina hatte.

Also schipperten wir weiterhin im alten Fahrwasser.

Als Lehrling im dritten Lehrjahr hatte man ohnehin nicht Möglichkeit die Küchenphilosophie nachhaltig zu beeinflussen.

Die Saisonhöhepunkte sorgten im Übrigen dafür, nicht mehr Arbeit zu generieren, als unbedingt erforderlich.

Nach zwei Jahren Erfahrung in der gutbürgerlichen und internationalen Küche konnte ich zwischen damals und heute keinen Unterschied in der Beliebtheit der Speisen auf unserer Speisekarte ausmachen. Viel für wenig Geld, die klassische Schlachtplatte oder das Schnitzel, das über den Tellerrand hängt, waren immer noch hochaktuell.

Neuerdings aber fingen einige Gäste an zu mäkeln, z. B. wegen des Fettrandes am Rumpsteak, den wir mit Bedacht am Steak beließen, um es schön saftig zu halten.

Chef Eitel ging in so einem Fall persönlich zum Gast, um die Wogen zu glätten.

Die Mäkeltanten, Mäkelheinis und Möchtegern-Gourmets wurden mehr. Auch wenn das Fleisch naturgemäß mal etwas stärker »marmoriert« war, wurde schnell einmal gemeckert.

Es gab auch keinen, der in der Zeitung oder im Fernsehen mal aufklärte, wie eine gute

Fleischqualität aussieht. Eher im Gegenteil wurde über den zu hohen Fettkonsum und die zunehmende Dickleibigkeit der Deutschen geklagt.

Für »Nouvelle Cuisine«, die Küche der wässrigen Saucen und der kleinen Portionen, war es aber noch zu früh, das ging erst Anfang der 1970er Jahre los.

Die Gourmands waren da als Gäste auch pflegeleichter. Wer ein Eisbein bestellte, beschwerte sich nie über den Fettrand oder die Schwarte. Nur zu klein durfte es nicht sein.

Ansonsten verlief die Zeit parallel zum ersten und zweiten Lehrjahr, nur mit mehr Verantwortung. Wenn Karla ihren freien Tag oder Urlaub hatte, stand ich am Herd, wie Jean in seinen besten Zeiten und musste die Küche managen.

Ehe wir uns versehen hatten, waren der Frühling und Sommer mit den saisonalen Höhepunkten ins Land gegangen. Für den Ansturm der Pilger, konnte ich Karla überzeugen die Erbsensuppe frisch anzusetzen und bin dafür eigens früh aufgestanden, um das Debakel vom Vorjahr zu vermeiden.

Vieles im Leben regelt sich von selbst. So musste ich im Herbst unverhofft für längere Zeit, aus gesundheitlichen Gründen pausieren. Dabei fand ich Zeit, Stoff für die Berufsschule nachzuarbeiten. Mit einigen Sachen war ich in Rückstand geraten. Ein für mich noch ausstehendes Referat über Fonds und Saucen konnte ich so perfekt präparieren und mit einer akzeptablen Vornote in die Prüfung gehen.

In den sechs Wochen, die ich im Krankenhaus verbrachte, wurde ich sogar einmal von Chef Eitel besucht, der sich aber eigentlich nur dafür interessierte, wann ich endlich wieder zurückkomme.

Zur Motivation hatte er mir eines dieser Care-Pakete voller Wurst mitgebracht, mit dem ich gar nicht wusste, wohin. Am Ende habe ich es »angebrütet« meiner Mutter überlassen, als sie mich am nächsten Tag besuchte. Klasse Idee Eitel!

Auch Fips besuchte mich, da er, nicht weit entfernt vom Marienhospital sein Zuhause hatte. Zumindest brachte er ein Päckchen Zigaretten mit, zur baldigen Genesung.

Fips war der Meinung, mein dickes Knie kommt von zu hohem Spermadruck. »Der Körper sucht vielleicht nur ein Ventil, um den Ballast los zu werden«, lamentierte er. »Besser als Vakuum«, war meine Antwort. Ich ging von einem Scherz aus, hatte ich doch schon eine Diagnose, die es mir später erlauben, sollte vorzeitig aus meinem Vertrag mit dem Hotel Deckers auszusteigen.

Dann war es für mich eine Erfüllung (oder sogar Schadenfreude) von ihm zu hören, dass Chef Eitel wieder im Gänsegeschäft und jetzt stolzer Besitzer einer fünfzig köpfigen Vogelschaar war. Da konnte ich nur »Viel Spaß beim Rupfen« wünschen.

Erst Anfang Dezember war ich wieder soweit hergestellt, dass ich wieder, mit Schonauflagen, meiner Arbeit nachgehen konnte. Zum Transportieren der »Bakks« und Schweine mussten sich die Fleischer jetzt andere suchen.

Ende Dezember flatterte dann auch schon die Einladung für die schriftliche, mündliche und praktische Prüfung ins Haus. »Die theoretische Prüfung schon im Januar?«, stammelte ich, als ich das Anschreiben durchlas. Irgendwie wurde mir ganz flau im Magen, ich glaube meinen Kollegen auch.

Wie von der Tarantel gestochen, fingen wir nun an, fast jede freie Minute zu nutzen, um den Stoff der Berufsschule zu repetieren und Lücken aufzuarbeiten.

Am Ende waren die theoretischen Prüfungen gar nicht so schlimm und konnten von Fips und mir gut absolviert werden.

Da war nur noch dieser andere Termin, der uns im Magen lag:

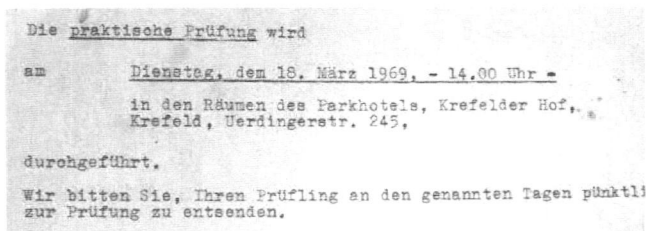

Die praktische Prüfung wird

am   Dienstag, dem 18. März 1969, - 14.00 Uhr -

            in den Räumen des Parkhotels, Krefelder Hof,
            Krefeld, Uerdingerstr. 245,

durchgeführt.

Wir bitten Sie, Ihren Prüfling an den genannten Tagen pünktli
zur Prüfung zu entsenden.

Abb. 19: Einladung

Interessanterweise sollten wir »entsendet« werden, ungefähr so wie Hermes der Götterbote in einer wichtigen Mission.

Für den großen Tag hatten wir uns speziell frische Wäsche zurückgelegt, um die Prüfer und das Personal des 4-Sterne-Hotels nicht zu vergrämen. Mit unseren Reisetaschen, der Berufsbekleidung und den eigenen Werkzeugen machten wir uns gegen 11:00 Uhr auf den Weg. Ein wenig hatten wir darauf spekuliert, dass Eitel uns nach Krefeld chauffiert. Ich glaube, er spielte noch nicht einmal mit dem Gedanken. So nahmen wir den Hippeland-Express. Zu den Zeiten mit wenig Passagieraufkommen wurden bekanntlich die sogenannten Triebwagen eingesetzt. Ein schlechtes Omen?

Obwohl wir vom Bahnhof in Krefeld-Oppum noch eine halbe Stunde Fußweg hatten, waren wir weit vor der Zeit am Ziel. Um 14:00 Uhr war dann endlich Einlass am Personaleingang im Souterrain. An diesem Prüfungstag, es gab auch noch andere, waren es zehn Aspiranten. Der Vorsitzende der Prüfungskommission erklärte uns erst einmal den Ablauf und die Organisation der Prüfung, sodann durften wir per Los unser Prüfungsmenü, welches wir für 6 Personen zubereiten mussten, ziehen. Es war nicht gerade ein Hauptgewinn, den ich zog, jedenfalls, was die Beilage betraf. Cremesuppe »Dubarry« konnte ich blind. Einen Rostbraten »Esterhazy«, hatte ich noch nie zubereitet, wusste aber wie er gemacht wird.

Und da waren sie: Kartoffelklöße als Beilage zu dem Rostbraten. Wer hatte damals bloß diesen »Instant Scheiß« erfunden, der mir hier einen Strich durch die Rechnung machen wollte. Von dem Tütenpulver, mit dem wir immer Klöße gekocht haben, hatte ich ja nichts mit, in meiner Reisetasche.

Das Dessert stimmte mich dann wieder versöhnlich. Apfelbeignets mit Weinschaumsauce. Das war machbar, wenn nur die Sabayon nicht gerinnt.

Nach dem Umziehen musste aber erst einmal die Warenanforderung geschrieben werden. Schon hier musste man wissen, was für das betreffende Menü benötigt wurde. Unabhängig von der Anforderung waren die Zutaten schon auf Tabletts bereitgestellt. Mein Tablett hätte auch auf dem Gemüsemarkt stehen können. Ein riesiger Gemüseberg mit einem großen Blumenkohl, Lauchstangen, Möhren, Sellerie, vier riesigen Pellmännern und mehreren Äpfeln begrub das Roastbeef fast. Aus dem Roastbeef galt es ja, die sechs braisierten Steaks, den Rostbraten »Esterhazy« zu zaubern.

Bereits um 17:00 Uhr sollten die Vorspeisen und Suppen geschickt werden, wohl damit das normale Abendgeschäft, ohne die störenden Prüflinge, abgewickelt werden, konnte. »Zeit genug«, dachte ich.

So langsam kam auch Stimmung in der Bude auf. Neben dem Commis, der für das Mittagsgeschäft im Parkhotel zuständig war, wuselten jetzt die zehn angehenden Köche sowie einige Prüfer umeinander.

Ich machte erst einmal mein Mise en Place fertig und schnitt den Lauch, die Karotten und den Sellerie in Julienne, den Blumenkohl für die Suppe in kleine Röschen.

Anschließend begab ich mich an die Kartoffelmasse für die Klöße und versuchte erst einmal die gepellten Kartoffeln durch eine Presse zu drücken. Impossible! Wer hatte sich das nur einfallen lassen, mit den Klößen aus Pellmännern? Aus der Theorie kannte ich da nur mit geriebenen rohen und/oder frisch gekochten und gepressten Kartoffeln. Der Commis des Parkhotels sah, wie ich mich abmühte, und gab mir einen diskreten Tipp: »Fleischwolf«. Ich Idiot, da hätte ich auch selber drauf kommen können. Also montierte ich den Wolf zusammen und jagte die Kartoffeln hindurch. Nach Zugabe von Ei und Stärke, abgeschmeckt mit Salz und Muskat stand meine Knödelmasse, wie eine Eins. Jetzt noch die Weißbrotcroûtons für das Innenleben der Knödel in die Fritteuse, dann war die Beilage so gut wie fertig.

Die Prüfer schauten mir jetzt auch hin und wieder über die Schulter und in die Kochtöpfe, nachdem sie wohl hier und da auch etwas beratend tätig waren. »Kommst du klar?«, wurde auch ich gefragt. »Alles unter Kontrolle«, antwortete ich. »Ich kann gleich schicken«. Noch waren es nicht ganz 2 Stunden. Es wurde Zeit für den Rostbraten. Die Steaks gewürzt und angebraten, das geschnittene Gemüse dazu, mit etwas Rotwein und Rinderjus aufgegossen und langsam schmoren lassen. Jetzt brauchte ich nur hin und wieder den Deckel vom Bratentopf zu nehmen und den Gargrad und Flüssigkeitsstand zu kontrollieren.

Dann ging es an die Blumenkohlsuppe, die ich bis auf die Liaison auch ruckzuck fertig hatte. Die Legierung der Suppe machte ich erst kurz vor dem Anrichten, um ein Gerinnen zu vermeiden. Einen kleinen Teil der Röschen behielt ich »al dente« gekocht als Einlage zurück.

In aller Ruhe rührte ich schon den Bierteig für die Beignets zusammen, als andernorts die ersten Tränen flossen. Die Küche füllte sich auch langsam mit Rauch. Ein glasiertes Kalbsfrikandeau oder das eines werden sollte, hatte sich in Kohle und Rauch verwandelt. Auch an anderen Arbeitsplätzen wurden die ersten Dramen inszeniert. »Nerven behalten«, sagte ich zu Fips, als wir uns das Schauspiel mit dem Kalbsfrikandeau beguckten. Versalzene Suppe, eine geronnene Sc. Hollandaise und Pommes Croquettes »Brandenburger Art« waren weitere Höhepunkte des Nachmittags. Nachdem schon die Kartoffelklöße so einigermaßen gelungen waren (ein wenig auf der weichen Seite waren sie schon) war ich heilfroh, dass mir die Weinschaumsauce nicht abging, die ich als Letztes aufschlagen musste. Vielleicht fehlte geschmacklich noch die letzte Finesse, so ein Schuss Marsala und etwas Vanilleschote. Schlecht war sie aber nicht.

Auch Fips war zuversichtlich, seinen blauen Schein zu bekommen. Fortuna hatte ihn mit einer Minestrone, Filetspitzen »Stroganoff« und »Pfirsich Melba« bedacht.

Nach Verkündung des Prüfungsergebnisses, wir gehörten zu den wenigen, die bestanden hatten, spendierte unser Berufsschullehrer noch einen Himbeergeist und ein Bier in einer Krefelder Bar. Insgesamt waren nur vier Absolventen mitgekommen, was mich doch ein wenig verwunderte. Oder waren es am Ende nur vier erfolgreiche Absolventen?

Da man auf einem Bein schlecht steht, gönnten wir uns noch ein zweites Bier in der Bahnhofskneipe am Krefelder Hauptbahnhof und ein Drittes in dem Moerser Bahnhofsetablissement.

Zurück in Marienbaum, die Kollegen hatten auch fast Feierabend, gab Eitel dann auch noch die eine oder andere Runde auf das erfolgreiche Abschneiden aus und klopfte sich dabei fast selbst auf die Schulter, wie toll er uns ausgebildet hat.

Es war fast Mitternacht und wir waren ermattet in die Betten gesunken. Noch unter der Einwirkung des Himbeergeistes und der

Biere machte ich mir Gedanken, wie es hier weitergehen sollte. Alkohol kann ja auch beflügeln.

Das »Projekt Küchenbulle« war ein Reinfall. Der Superberuf, so wie ich ihn mir Mal vorgestellt hatte, war es ja nicht. Keine neue Freiheit, eher neue Abhängigkeit. Le Chef hatte sich vor meinem inneren Auge ein wenig gewandelt.

Die Arbeitskleidung besudelt, gekennzeichnet von zwölf Stunden Arbeit, die Sinne mit Bier benebelt und die Küche, in der er stand, in Rauchschwaden gehüllt. Chef, pass auf, dass dir keine Fliege ins Bier fällt, das Glas steht äußerst ungünstig!

Das Gewusel der Fleischer, das permanente Durchgangsgeschäft, die Rinderschädel und die ständigen Ansätze von Rindertalg und Schweineschmalz auf dem Herd, gingen mir auch gegen den Strich. Ganz zu schweigen von den überfallartigen Aktionen mit Gänsevögeln und Wildbret aller Art. An den einfachsten Einrichtungen, die einem die Arbeit in der Küche erleichtern konnten, mangelte es.

Auch ausreichende sanitäre Ausstattungen, die Möglichkeit jederzeit duschen zu können fehlten im Hotel.

Was das Gehalt anging, hatte ich auch schon Vergleichsangebote erfragt. 50 % mehr konnte man leicht an anderer Stelle verdienen.

Ein Koch ist ja auch ein »Weltenbummler«. So beschloss ich, das Weite zu suchen. Und das »gau«!

Abb.20: »le Chef« after work[24]

»Komm mit«, sagte der Hahn, »etwas Besseres als diesen Knochenjob können wir überall finden.«[25]

After

Der Name des letzten Kapitels ist so nebulös wie die vorhergehenden Geschichten. Gemeint ist aber nicht der Anus, die Darmaustrittsöffnung, sondern steht in »Neudeutsch« für das, was danach kam.

Das Leben als Koch ging ja erst einmal weiter. Bis zum Ausstieg in Marienbaum dauerte es auch noch vier Monate. Ich wollte in die Stadt, weg vom platten Land.

In der Duisburger »Societät« wurde auf gehobenem Niveau gespeist. Eisbein oder Schlachtplatte gab es dort nicht, dafür aber so Schmankerl wie »Prager Schinken« im Brotteig, Kalbshacksteak in Rahmsauce oder Filetsteak »Rossini«, mit echter Gänsestopfleber. Statt des halben Broilers von Hühner-Harry wurde »Brüssler Poularde« serviert und Fischgerichte kamen in Gestalt von Seezungenröllchen und »Bouillabaisse Marseillaise« daher. Die Speisen wurden unter einer Cloche serviert, die dann am Tisch, vom Kellner gekonnt gelüftet wurde. Es war fast so, wie im Fernsehen, wenn Juror »Frank Rosin«, die mehr oder weniger gelungenen Ergebnisse der Hobbyköche untergejubelt werden. Alles war ein wenig edler als damals, im Hotel Deckers. Wahrscheinlich war das die »Edelfresswelle«, von der seinerzeit gesprochen wurde.

Auch Dosenware wurde kaum verarbeitet, sondern frische oder tiefgefrorene Gemüse. Trotzdem war ausreichend Zeit, die frischen Waren zuzubereiten. So zeitraubende Massenpräparationen wie Frikadellen und Koteletts zu Hunderten gab es ja nicht. Wildbret und Gänse wurden küchenfertig und von den Schlachttieren nur die benötigten Teilstücke angeliefert oder persönlich auf dem Großmarkt eingekauft. Die Anzahl der Töpfe auf dem Herd war übersichtlich, nur zwei große Töpfe, einer mit Rinderbrühe, der andere mit der essenziellen »Grand Jus« waren allgegenwärtig. Auch bestand keine Gefahr auf eine »Rosine« in der Suppe, der Soße oder sonst wo zu stoßen. Die Küche war fliegenfrei.

Nicht viel anders ging es im Ratskeller, in Bergisch Gladbach, zu. Neben den edlen Teilen von Rind, Kalb und Schwein kamen auch Weinbergschnecken und Froschschenkel auf den Tisch, jedoch gleicherweise so triviale Klassiker wie »Flöns« auf Sauerkraut oder die ewigen Bestseller Wiener Schnitzel und Jägerschnitzel. Sogar »Berliner Schnitzel«, zubereitet aus dem Kuheuter, fand sich einmal auf der Tageskarte. Mit irgendeiner außergewöhnlichen Delikatesse mussten die Gäste in das Restaurant gelotst werden. Die neue Konkurrenz, bestehend aus italienischen, chinesischen, jugoslawischen und griechischen Restaurants war groß, genauso wie die Portionen dort.

Ich hatte meine Kochjacke längst endgültig an den Nagel gehängt, da sieht man sie plötzlich allerorten, die XXL-Restaurants. Dort sind die Portionen noch einmal ein Stück gewachsen. Die Schnitzel hängen weiter über den Tellerrand, als ich es im damaligen Lehrbetrieb je gesehen habe und einige korpulente Besucher der Etablissements tragen T-Shirts mit der Aufschrift »Bier formte diesen wunderschönen Körper«.

Dann gibt es heute noch den »All you can eat« Trend in Buffet-Form, gerne sonntags als sogenannter »Brunch« angeboten.

Nicht zuletzt sind da auch noch die Angebote zum Sattessen. Spargel satt, Gänseessen satt, Grünkohlessen satt......

Der fette Schweinenacken, der zu lange im Ofen war und schon zerfällt wird als »pulled pork« kredenzt.

Und Fett wird als Geschmacksträger von Profiköchen wiederentdeckt.

Deutschland hat wieder Nachholbedarf, wohl wegen der »Nouvelle Cuisine«, den übersichtlichen Portionen in den 70er Jahren, und des zur Neige gehenden Schlankheitswahns.

Man ist geneigt zu glauben, dass wir wieder mittendrin sind,

Inmitten der Fresswelle!

Frequently asked questions

Warum hat die Kuh auf dem Cover so einen kleinen Euter?

Das ist keine Kuh, sondern ein Bulle, und der Euter ist ein ansehnlicher Stierhoden, aus dem eine gebackene Delikatesse zubereitet wurde!

Kann man im »Hotel Deckers« ein Schnupperwochenende buchen?

Die Hütte ist längst verfallen und wurde 1994 abgerissen. Alternativ könnte man sich im »Dschungelcamp« bewerben!

Wo gibt es noch die sagenumwobenen Frikadellen?

Auch die Fleischerei wurde 1994 abgerissen. Das ganze Anwesen war unterwandert von einer riesigen Rattenpopulation. Frikadellen mit »Geheimnis«, gibt es aber noch in vielen anderen Kneipen!

Hat der Autor auch einen Facebook-Account?

Zur Vermeidung eines »Shit-Storms«, nein!

Wo gibt es noch dieses zarte Schweinefleisch?

Nur in Fleischereien die selbst schlachten und die Schweine stressfrei zur Schlachtung bringen! Am besten, sie wurden vom Bauern persönlich massiert, wenn sie Blähungen hatten.

Wo kann man die Fliegenfänger kaufen, die im »Hotel Deckers« zum Einsatz kamen?

Diese klebrigen Insektenfallen gibt es nicht mehr. Nach Schließung des Hotels musste der Hersteller Konkurs anmelden!

Gibt es die Restaurants in Duisburg und Bergisch Gladbach noch, in denen der Autor tätig war?

Nein, nachdem der Autor dort einige Zeit gekocht hatte, mussten beide Restaurants für immer die Türen schließen!

Ich wollte mit meinem Freund den Triebwagen auf der »Hippeland-Route« ausprobieren, da fährt aber nur noch ein Bus?

Richtig, die Bahnstrecke ist stillgelegt und zu einem Radwanderweg umfunktioniert worden. Du musst mit dem Rad etwas abseits des befestigten Weges fahren, wo es schön ruckelt. Dann funktioniert es auch!

Gibt es noch die Bratwurst vom Grill beim Schützenfest?

Fast an gleicher Stelle kann man sich heute einen Döner reindrücken!

Hatte das Restaurant des »Hotel Deckers« damals auch einen Stern?

Tatsächlich gab es einen Eintrag im »Varta-Führer«, mit einem Stern. In der Küche verwendeten wir sogar einen Cognac mit drei Sternen!

Gibt es ein Insider Rezept für eine gute »Grand Jus«?

Alle Reste in einen großen Topf. Gut umrühren und sehr lange kochen. Bouquet garni nicht vergessen!

Anlage: Berufsbild des Kochs

Aus dem Merkblatt der IHK, Berufsbild des Kochs und der Köchin v.23.10.1950

»Arbeitsgebiet:

Vorbereitungsarbeiten für die Herstellung der einzelnen Gerichte. Zubereiten der Speisen, Suppen und Soßen.

Herstellen von Gebäcken und süßen Speisen.

Beurteilen der Eigenschaften und Preise von Lebensmitteln und sonstigen Roh- und Hilfsstoffen der Küche.

Pflegen und Instandhalten der Maschinen und Arbeitsgeräte,

Fertigkeiten und Kenntnisse, die in der Lehrzeit zu vermitteln sind:

Notwendige: Kennenlernen der zur Verarbeitung gelangenden Nahrungsmittel, deren Eigenschaften und Verwendungsmöglichkeiten, insbesondere der Qualitätsunterschiede bei Wild, Geflügel, Schlachtfleisch, Fischen u. a. m. Ausführen von Vorbereitungsarbeiten:

Schälen, Schneiden und Putzen von Kartoffeln, Gemüse, Salat und Obst.

Brat- und Kochfertigmachen von Fleisch, Wild, Geflügel und Fischen.

Schneiden von Bratsachen und Fischen nach geltenden Gewichtstabellen.

Zerlegen von Schlachtfleisch und Wild.

Verwerten der Abgänge zu Ragouts, Farcen u. a. m.

Ausführen der Zubereitungsarbeiten:

Zubereiten von Kartoffeln, Gemüse und Salat.

Ansetzen des Suppenkessels und der Grundsoßen.

Herstellen von Mayonnaisen.

Anschlagen der echten Sof3en.

Herstellen und Anrichten von Fleisch- und Fischgerichten.

Herstellen und Anrichten von fleischlosen Gerichten.

Herstellen und Anrichten von Eiergerichten.

Herstellen und Anrichten von Teiggerichten.

Grundfertigkeiten in der Herstellung von Gebäcken und süßen Speisen.

Zubereiten und Einmachen von Früchten.

Lagern der Lebensmittel.

Kennenlernen der Errechnung des Verkaufspreises der einzelnen Portionen.

Kennenlernen der Grundsätze kaufmännischer Küchenrechnung und -führung.

Kennenlernen der Speisenfolge und Speisenkartengestaltung unter Berücksichtigung der Erzeugnisse der einzelnen Jahreszeiten.

Pflegen und Instandhalten der Maschinen und Arbeitsgeräte.

Erwünschte: Erlernen von Fremdsprachen.«[26]

Quellen und Abbildungsverzeichnis

[1] *L.Rodermund, Marienbaum an einem Spätnachmittag im Herbst,*
http://www.hippelandexpress.de/N8926_Marienbaum_Herbst_1989, 04.10.2015

[2] *William Orpen Le Chef de l'Hôtel Chatham, Paris,*
http://uploads3.wikiart.org/images/william-orpen/le-chef-de-l-hotel-chatham-paris-1921.jpg, 04.10.2015,
Lizenz: Public domain

[3] Oskar Herrfurth, Schlaraffenland,
https://commons.wikimedia.org/wiki/File%3ASchlar affenland_2_Herrfurth_500x770.jpg, gemeinfrei

[4] Maggi Werbung, Repro des Museums Alimentarium,
https://de.wikipedia.org/wiki/Datei:Maggi-Werbung.jpg,
Urheber: Eugène Ogé (1861-1936),1894
Lizenz: Die Schutzdauer für das gezeigte Werk ist abgelaufen. Es ist daher gemeinfrei.

[5]
https://de.wikipedia.org/wiki/Mononatriumglutamat,
http://www.aerzteblatt.de/archiv/77306/Kochsalzres triktion-zur-Praevention-kardiovaskulaerer-Erkrankungen

[6] PLattsatt , Mundart in Kleve und anderswo...
http://www.plattsatt.de/content/platterklaert/redens arten/asetennenbuurschlecht.html

[7] Hähnchen und Hühner kosten jetzt nicht viel,
Hamburger Abendblatt v. 11.03.1966, abend-blatt.de/archiv/1966/article200899301/Haehnchen-und-Huehner-kosten-jetzt-nicht-viel.html

[8] Zwei Fliegenbei der Paarung by Corrino, Bildausschnitt,
https://de.wikipedia.org/w/index.php?title=Datei:Flie
gen_bei_der_paarung.jpg&filetimestamp=2007111820
0411&#filehistory
Lizenz: http://creativecommons.org/licenses/by-
sa/2.0/de/legalcode

[9] von Tomás Castelazo,
https://commons.wikimedia.org/wiki/File%3AChicke
ns_in_market.jpg
Lizenz: CC BY-SA 3.0,
(http://creativecommons.org/licenses/by-sa/3.0)
oder GFDL

[10] Rindfleischreifung für mehr Sicherheit und Genuss,
http://www.mri.bund.de/no_cache/de/institute/sich
erheit-und-qualitaet-bei-
fleisch/forschungsprojekte/rindfleischreifung.html

[11] Giuseppe Arcimboldo [Public domain], via Wikimedia Commons,
https://commons.wikimedia.org/wiki/File%3AArcimb
oldo_Vegetables.jpg, Lizenz: Gemeinfrei

[12] Geflügel ab heute nach Handelsklassen
http://www.abendblatt.de/archiv/1966/article20092
2305/Gefluegel-ab-heute-nach-Handelsklassen.html

[13] © Bernhard Motzek

[14] http://www.daserste.de/information/politik-
weltgeschehen/mittagsmagazin/sendung/sushi-
innereien-japan-tokio-essen-100.html, 19.11.2015

[15] Alfons Mucha, [Public domain], via Wikimedia
Commons, Lizenz: Public domain

[16] Wilhelm Räuber, Bekehrung des heiligen Hubertus, Wikimedia Commons
Lizenz: (CC BY-SA 3.0), gemeinfrei,
https://creativecommons.org/licenses/by-sa/3.0/deed.de

[17] Martinsgans © B. Motzek, gestaltet auf Basis von:
https://commons.wikimedia.org/wiki/File:Goose_(PS F).png, Lizenz: Public domain

[18] Max Liebermann (1847-1935), Gänserupferinnen,
https://commons.wikimedia.org/wiki/File:Max_Lieber mann_-_G%C3%A4nserupferinnen_-_Google_Art_Project.jpg, Lizenz:gemeinfrei

[19] Auguste Escoffier, Kochkunstführer, 3.Aufl, 1910
Fachzeitschriftenverlag des internationalen Verbandes der Köche, Frankfurt a.M. S.608

[20] Auguste Escoffier, Kochkunstführer, 3.Aufl, 1910,
Fachzeitschriftenverlag des internationalen Verbandes der Köche, Frankfurt a.M. S.623

[21] Maden auf Kohlblatt, by B. Motzek

[22] Merian, M., Der Fruchtbringenden Gesellschaft, t. 121 (1646);
Quelle:
http://archive.org/stream/derfruchtbringen00ludw#page/244/mode/2up
Lizenz: gemeinfrei, Schutzfrist abgelaufen

[23] frei nach Loriot, Advent

[24] Fotomontage mit folgenden Einzelbildern:

24.1.*Koch, künstlerisch verfremdet: William Orpen Le Chef de l'Hôtel Chatham, Paris,*

http://uploads3.wikiart.org/images/william-orpen/le-chef-de-l-hotel-chatham-paris-1921.jpg, 04.10.2015
Lizenz: Public domain

24.2 Bierglas: Hans Wastlhuber, Export Hell im 0,5-Liter-Seidel,
https://commons.wikimedia.org/wiki/File%3AExport_hell_seidel_steiner.png, 20.01.2016
Lizenz: (cc-by-sa-2.5),
https://creativecommons.org/licenses/by-sa/2.5/deed.en

24.3 Fliegenfänger: DocWoelle, Fliegenfänger,
https://commons.wikimedia.org/wiki/File%3AFliegenfaenger.jpg
Lizenz: GNU-FDL, (CC-BY-SA 3.0),
https://creativecommons.org/licenses/by-sa/3.0/deed.en

24.4 Konservendose: Scanned by the Seattle Public Library,
https://commons.wikimedia.org/wiki/File%3AOpen_can_solderless_seam.jpg
Lizenz: Public Domain

24.5 Huhn, Ausschnitt: Tomás Castelazo,
https://commons.wikimedia.org/wiki/File%3AChickens_in_market.jpg
Lizenz: CC BY-SA 3.0,
(http://creativecommons.org/licenses/by-sa/3.0)
oder GFDL

[25] Frei nach Gebrüder Grimm, Die Bremer Stadtmusikanten

[26] Merkblatt der IHK, Berufsbild des Kochs und der Köchin v.23.10.1950

Man nehme eine Flasche Wein und
schütte sie in den Koch.*

*unbekannter Phlilosoph